食っちゃ寝て書いて

小野寺史宜

角川文庫
23942

目次

三月の横尾成吾

昔からずっと書いてきた。

おれには文字があった。というか、文字しかなかった。

ガキのころは長く文字を読み、大人になってからは長く文字を書いた。そんなふうに文字と向き合い、接してきた。どうにかこうにかやってきた。

で、五十歳を控えた今、おれはこんなことを言われる。

「うーん。これはちょっとほかの題材を考えてみるべきかもしれませんね」

場所は九段下《くだんした》のカフェ。カウンター席から皇居の千鳥ヶ淵《ちどりがふち》が眺められる店だ。おれらは眺められない。奥まったテーブル席で打ち合わせをしてるから。

おれらというのは、おれと赤峰桜子《あかみねさくらこ》さん。作家と編集者。赤峰さんは大手出版社カジカワの社員だ。カジカワの社屋は飯田橋《いいだばし》にあるが、打ち合わせはちょっと離れたこのカフェでする。

千鳥ヶ淵といえば桜が有名だが、今はまだ咲いてない。咲いてたらこのカフェもいっぱいで入れないかもしれません、と赤峰さんも言ってた。でも今はまだだいじょうぶだと思います。

だいじょうぶだった。桜とカフェに関しては。

だがメインとなる打ち合わせの内容がこれ。ほかの題材を考えてみるべきかもしれませんね。

最後通牒《つうちょう》。この作品はもうダメ、ということだ。ボツ、ということだ。

五十を控えてのボツ。キツい。

四百字詰めで四百枚超の長編小説『トーキン・ブルース』。それが今俎上《そじょう》に載ってる作品だ。事前に打ち合わせを重ねたうえで書いた。こういうものを書きませんか？と赤峰さんから提案を受けたわけではない。おれが手持ちの企画を出した。要するに、おれ自身が書きたかった。

構想は前からあった。それこそ新人賞に応募してたころからあった。満を持して、やろう、と思った。その結果がこれだ。

ミュージシャン志望の男。プロにはなったがそこでひたすら停滞する男の話。境遇がおれ自身とかぶる。ただ、こちらは若い。近江昇哉《おうみしょうや》、二十八歳。需要が決して多くはないこの時代にひっそりとデビューしたロッカー。音楽を書きたかったわけではない。もがく人を書きたかった。肝はここ。しゃべり言葉の一人称。会話をする際に人が口にする言葉で小説を書きたかったのだ。

『トーキン・ブルース』＝しゃべるようにうたわれるブルース。昇哉は江東区《こうとう》の門前仲《もんぜんなか》町《ちょう》に住む。だから初めは『深川《ふかがわ》トーキン・ブルース』だった。書いてる途中に深川を外し、よりシンプルにした。

お題をもらって書くのでなく、久々の自分発信。意気ごんだ。いつもとはちがう昂《たかぶ》りが確かにあった。赤峰さんも初めは賛成した。それはおもしろそうですね、と言ってくれた。

実際、おもしろくできたつもりだ。と言いつつ、正直、よくわからない。自信がないのではない。それはいつものこと。おれがいいと感じたからといって編集者もいいと感じるかは、本当にわからないのだ。そして編集者にいいと感じさせられなければその先はない。進んではいかない。

二ヵ月前。やっと仕上げた第一稿を見せた時点でつまずいた。おもしろいですね、とは言われた。それもいつものこと。どんな編集者も、労《ねぎら》いの意味を込めてまずはそう言うのだ。

でも、という接続詞がすぐに続いた。でもがもう来ちゃうか、と思った。そこからは直しの指示が続いた。赤峰さんが書きこみをした印刷原稿をもとに延々と続いた。

その後、一ヵ月をかけて直した。全体的にやわらかくした。昇哉自身の尖《とが》り具合も弱めた。そして二度めの指示が来た。主要登場人物を一人減らそうというのだ。

登場人物を一人減らす。言うのは簡単だが、やるのは大変だ。事実関係を直しておしまい、とはいかない。歪《ひず》みはいたるところに出た。作品は当初意図したものと大きく変わった。おれ自身の感覚で言えば、切り貼りされ、ズタボロになった。これ、おもしろいのか？　とまさにおれ自身が思った。

二度にわたって大きく直したにもかかわらず、赤峰さんから出たのがその言葉。ほかの題材を考えてみるべき云々《うんぬん》。クラクラする。

五十を前にボツを食らう。まだ食らうんだな、と思う。横尾成吾《よこおせいご》の評価は今なおその程度ということだろう。まず、作品そのものの評価が低い。そして、まだボツを食らわしていい作家だと思われてる。

ボツを食らわされるのはいい。いや、よくはないが、しかたない。ただ、書くのと直すのに要した四ヵ月が無駄になるのはキツい。その期間はタダ働き。フリーのつらいところだ。会社員ならそんなことはない。成果は出せなくても給料は出る。

おれにはそれがない。下請けの中小企業と同じ。ウチが要求したレベルに達してないからいらない。そう言われたらどうしようもない。判断を下すのは出版社。おれにはその権利がない。原稿を渡さない権利はあるが、おれ如《ごと》きがそれを行使したところでいいことは何もない。

ここで怒る作家もいるだろうな、と思う。おれはどうするか。怒らない。近江昇哉のように若くもない。クソみてえな音楽ならやんねえよ、みたいなことは言わない。無駄にぶつかるべきではないのだ。何を無駄と見るかは難しいとこだが。

コーヒーを一口飲んで、おれは言う。

「まあ、しかたないね」

赤峰さんが安堵《あんど》したことがわかる。作家にボツを食らわす。そんなこと、誰だってやりたくない。編集者の仕事のなかでも一番いやなそれだろう。赤峰さん自身、その原稿に長く時間を割いてもいる。

「決して悪くはないと思うんですよ。初めにくらべればずっとよくなりました。でもこれをこの形で出すことが横尾さんにとってもいいことなのか。だったらほかの作品を出していただくほうがいいような気がします。横尾さんはもっといい作品を書けますし」

赤峰さんはいくらか饒舌《じょうぜつ》になり、そんなことを言ってくれる。だがおれの耳には入らない。実のある言葉ではないのだ。おれにとっても、赤峰さんにとっても。

見込みなどまるでないが、一応、訊《き》く。

「これをよその出版社さんから出すのは、いい？」

「もちろん、かまいません。興味を持たれる会社さんもあるかもしれないですし。そうなればいいとわたしも思います。こうなったのは残念ですけど、マイナスにはとらえないでください。カジカワとしては横尾さんの作品を出したいですから。じっくりお考えいただいて、何か企画がありましたらおっしゃってください。ではそろそろ。わたし、あとがありますので」

「あぁ。じゃあ」

二人、席を立つ。コーヒー代はいつものように赤峰さんが払ってくれた。店を出る。

「ここで失礼します」

「コーヒー、ごちそうさま」

赤峰さんは会社へ戻っていく。

おれは反対方向へ歩きだす。内堀《うちぼり》通りに出て半蔵濠《はんぞうぼり》沿いに進み、桜田門《さくらだもん》のわきを通って JR の東京駅に行く。そちらまわりのほうが大手濠《おおてぼり》まわりよりも景色がいいのだ。三十分以上かかるが、気分転換になる。歩くのは好きなので、いつもそうする。

皇居の周り、内堀通りのその辺りにはランナーがたくさんいる。皆、ランニングシューズを履き、ランニングウェアを着てる。サングラスをかけたりキャップをかぶったりもしてる。ランナー然とした都会のランナーたちだ。

対しておれは、ヨレヨレのチノパンにダウンジャケット。一ミリの丸刈り頭が寒いのでフードをかぶってる。永田町《ながたちょう》に近いこの辺りにはそぐわない格好だ。チノパンはユニクロ。なかに着てるのは十年もののヒートテック。もちろん、ユニクロ。ただし、ダウンジャケットだけは高い。おれの服としてはまちがいなく最高値《さいたかね》。イタリア製。もらったのだ。水冷社《すいれいしゃ》の百地幹伸《ももちみきのぶ》さんに。

百地さんは今や文芸編集長だが、歳はおれよりずっと下。四十三だ。おれが非富裕層であることを知ってるので、このダウンジャケットをくれた。同じようなのを二つ持ってるからどうぞ。くれ方がスマートだったので、ついもらってしまった。歳下からのお下がりだ。おれはお上がりと言ってる。百地さんにもそう言ったら笑ってた。

左方の皇居、濠の向こうの斜面に植えられた木々を眺めながら考える。ぼんやりと。ボツのことを。

赤峰さんはおれよりちょうど十歳下。初めはよその出版社にいたが、中途採用でカジカワに移った。出版社ではよくあることだ。じき四十。編集者としてのキャリアは十五年ほど。中途で大手に移れるのだから、優秀なのはまちがいない。そんな赤峰さんが、おれの『百十五ヵ月』を読んで、ウチからもぜひ、と声をかけてくれた。

『百十五ヵ月』は家族小説だ。子どもはいない会社勤めの男が四十代で再婚し、連れ子の父親になる。が、十年経たないうちに妻は亡くなり、連れ子の娘と二人きりになる。そんな話。百十五ヵ月というのは、妻が亡くなるまでの期間。つまり家族三人で暮らした期間だ。九年と七ヵ月。十年には届かなかった。

その『百十五ヵ月』で声をかけてくれた赤峰さんに、『トーキン・ブルース』の企画を出してしまった。戦略ミス、だったかもしれない。

編集者は作品を偏《かたよ》りのない目で見る。それでも好みはある。その編集者に声をかけてもらい、その編集者と仕事をするのだから、こちらが寄せる必要もある。結局、理解し合えてなかったのだと思う。

作家と編集者は特殊な関係だ。近いのに遠い。遠いのに近い。近ければいいというものではないが、遠くてはダメ。おれから見れば編集者イコール出版社だが、そうは言っても個人。人と人の関係にはなる。

編集者は皆、優秀だ。頭がいいし、いい大学も出てる。いい大学を出たからといって優秀とは限らない。みたいなことを言うつもりはまったくない。頭がいい人が優秀である確率は高い。あらゆることを合理的にやれる。優先順位を素早く決められる。直しの指示も的確なものが多い。ここはちょっと弱いかな、とおれ自身が思ってる部分については確実に指摘が来る。やっぱ来るか、といつも感心してしまう。自分より頭が悪い編集者に会ったことは一度もない。これ、本当。

東京駅で電車に乗り、蜜葉《みつば》市へと帰った。

ＪＲみつば駅で電車を降りたのは午後五時前。思ってたよりずっと早い。打ち合わせが一時間足らずで終わったからだ。

アパートまでは徒歩十分。すぐに帰って晩メシまで一仕事、という感じでもない。それだけのまとまった時間はないし、そんな気にもなれない。だからまたしても歩く。次の作品のことで何か浮かびでもしたらもうけもの、くらいの感じで。漠然と海のほうへ。

市役所通りに抜けるべく、みつば中央公園の遊歩道を行く。その名にふさわしく、まさにみつばの中央にある緑地公園だ。遊歩道のほか、池も広場も東屋《あずまや》もある。池には噴水もあり、シャワシャワと水の音がしてる。その噴水を横目に池のわきを歩く。近くのベンチに小学生らしきガキどもがいる。携帯ゲームをやったり話したりしてる。

憩いの場、なんて言葉が頭に浮かぶ。

ダウンジャケットの左胸の辺りにパスンと何かが当たる。

ん？

衝撃というほどのものはなかったが、感触はあった。音も聞こえた。一瞬、風かと思った。が、風でパスンはない。

ガキどものほうを見る。ヤベっ！　という感じに一人が目を逸《そ》らす。手には銃のようなものが握られてる。モデルガンとまではいかない、おもちゃの銃。

あぁ、と気づく。撃たれたのだ、と。撃ちやがったのだ、と。

ガキはおれの足もとを見てる。つまり、おれの顔は見ないようにしてる。狼狽《ろうばい》が見てとれる。

ちょうど歩いてきたおれ目がけて引き金を引いた。まさか当たるとは思わずに。で、おれの反応を見て、当たったことがわかった。で、ガキだから、どうしていいかはわからない。

ガキまでの距離は十メートルもない。おれはおれで、どうしていいかわからない。まちがいなく、撃たれた。左胸。実弾なら死んでる。目に当たりでもしたらヤバかった。怒りはしないまでも、大人として注意はするべきか。

そんな気力は湧かない。おれは足を止めさえしない。やはりボツがこたえてる。ボツにされたから機嫌が悪くて怒った、と自分が思ってしまいそうでいやなのだ。

そのまま歩きつづける。池から離れたところで、一人、笑う。おれ、撃たれたよ。原稿をボツにされたうえに撃たれたよ。ダブルパンチだよ。

今のこれを小説につかえないかな、と思う。計画変更。散歩はやめて、アパートに帰る。二丁目にあるカーサみつば。ワンルームのアパートだ。

一階二階に各四室で、計八室。上の二〇二号室には翻訳家が住んでる。三好《みよし》さんという三十すぎぐらいの女性。一度、あいさつに来てくれた。足音、うるさくないですか？ とわざわざ訊きに来てくれたのだ。そのときに翻訳家であることを聞いた。部屋で一日仕事をしてる。時には歩きまわったりもする。だから気になってたのだそうだ。まったく気にならないと言っておいた。自分が作家であることは明かしてない。顔を見て気づかれもしなかった。まあ、そうだろう。そこまで知られてる作家なら、ワンルームには住んでない。

住人で知ってるのはその三好さんだけ。あとは顔も知らない。大家さんは知ってる。みつばの隣、四葉《よつば》に住む今井《いまい》さんだ。七十前後の男性。定期的にエアコンを替えたりガスコンロを替えたりしてくれる。頼まなくてもしてくれるからとてもたすかる。

その今井さんはおれが作家であることを知ってる。ガスコンロを替えてくれたときに本を渡したのだ。よろしければどうぞ、と。今井さんはとても驚いた。そして喜んでくれた。

アパートの部屋に戻ると、おれはすぐにパソコンを起動させる。買って三年なのに、立ち上がりがひどくノロい。初めの十五分はすんなり動かない。何かといえば、応答していません、と画面に出たりする。

　立ち上がりを待つあいだにうがいと手洗いと着替えをすませ、ヤカンに水を入れてガスコンロの火にかける。マグカップにインスタントコーヒーの粉を入れる。いつも目分《めぶん》量《りょう》なので、入れすぎてしまう。だが薄いよりは濃いほうがましなので、よしとする。じき五十歳。いまだにワンルーム。おれの暮らしぶりは今なお十八歳の大学生と変わらない。いや、劣るかもしれない。

　洗濯機、冷蔵庫、電子レンジ。すべて一人用。テレビはない。こないだ、二十年つかった電子レンジがついに壊れた。すぐに似たような単機能のものを買いに行った。パックのご飯を温めるのに、電子レンジがないと困るからだ。

　一万五千円ぐらいは覚悟してた。が、何と、税込み五千円台で買えた。マジか、と感動した。この二十年でそこまで値は下がってたのだ。高いものと安いもの、両極化してるということだろう。

　愛しの最安レンジ。重さは十キロぐらいあったが、本体が五千円台なのに送料をとられるわけにはいかない。そして当然、おれは車なんか持ってない。二十分をかけて持ち帰った。それだけでもう、翌日は筋肉痛に見舞われた。そこはおっさん。痛みは一週間続いた。だがこの痛みで送料は浮いたのだと思い、ちょっとうれしくなった。

　倹約生活のゲーム性を楽しむ、じき五十歳の男。認める。相当ヤバい。終わってる、と若いやつには言われるかもしれない。それも認めたうえで、おれはそいつに言う。お前もさ、お前の終わりがすでに始まってる可能性について考えてみたほうがいいぞ。

コーヒーを入れたマグカップを四角いテーブルに置き、イスに座る。
公園でガキに撃たれた話をまとめるべく、ノートパソコンのタッチパッドをクリック。
しばしの間のあと、画面にこんなメッセージが出る。
応答していません。
しろよ。応答。

四月の井草菜種

やまない雨はない。

にしても、この雨は長い。

もうずっと降っている。僕が生まれたときから降りつづいているような気がする。

実際、僕が生まれたときは雨が降っていたらしい。産んだ母からそう聞いた。大した話ではない。しかも小学生のころに一度聞いただけ。でも何故か印象に残った。

やまない雨はない。ものたとえとしてよくつかわれる言葉だ。いつか問題は解決しますよ。そのときに向けてがんばりましょうよ。そんなような意味でつかわれるのが一般的だろう。

僕自身は、やまない雨はあると思っている。いつかやまない雨が降り、そのまま地球は終わるのだろうと。今すぐどうということではない。何百年何千年先だってだいじょうぶ。でもいつかやまない雨は降る。必ず終わりは来る。

人は晴れを基本だと思っている。だから、やまない雨はないとの発想に至ってしまう。実は雨こそが基本なのかもしれない。雨が降っているその状態こそが基本なのだ。そうとらえれば、こう思える。つまり、降らない雨もないのだと。

今も降っている雨を見て、そんなことを考える。

窓から見える空は全体的に白い。灰色に近い白。せっかくの千鳥ヶ淵も何だか悲しげに見える。天気がよければ空も木々もさぞきれいに見えるだろう。桜が咲いていればなおだ。その時季はこのカフェも混むという。

今はもう四月。桜は散ってしまった。だからカフェも混んでいない。

僕の前には横尾さんがいる。横尾成吾さん。作家だ。小説家。

「すいません。こんな雨の日に出てこさせてしまって」と僕はその横尾さんに言う。

「いいよ。電車は普通に動いてたし」

「蜜葉市でしたっけ。お住まい」

「そう。お住まいなんて言われちゃうと恥ずかしくなるワンルーム」

「ここまでどのくらいかかります？」

「一時間かな。ちゃんと電車に乗れば」

「ちゃんと、というのは」

「キップの値段が上がる手前の駅で降りて歩くこともあるからね。歩くのは好きなんで」

「赤峰から聞いてます。帰りも、ここから東京駅まで歩かれるとか」

「うん。でも今日は無理かな。歩くのは好きだけど、傘を差して歩きたくはないんだよね。無理はしないようにしてるよ。無理すると、それがストレスになるから」

「わかります。僕もたまに走りますけど、雨の日まで走ったりはしないです」

「もしかして、皇居の周りを走るとか？」

「いえ。木場《きば》公園です。と言ってもわからないですよね」

「わかる。深川の辺りだよね？」

「はい。僕はその辺に住んでるんですよ。実家も近いです」

「実家。どこ？」

「清澄《きよすみ》です。駅で言うと、清澄白河《しらかわ》。半蔵門《はんぞうもん》線と大江戸線です」

「奇遇だよ。ボツになったあの小説、初めは『深川トーキン・ブルース』だったんだよね。主人公が門前仲町に住む設定だから」

「僕も門前仲町ですよ。今住んでるアパートがそこです」

「すごい。やっとボツの悪夢から脱《ぬ》け出せたと思ったら引き戻された」と横尾さんが笑う。

言葉は際どいが、笑っているのでこちらもほっとする。

横尾さんの『トーキン・ブルース』がボツになったのは、紛れもない事実だ。聞けば、二度直した末、ボツになったという。その断を下したのは赤峰桜子さん。ベテラン編集者だ。

赤峰さんは北里耕《きたざとこう》編集長にも作品を読ませたらしい。後々問題にならないよう、判断を仰いだのだ。直せばどうにかなるんじゃないか？ と北里さんは言ったが、赤峰さんはこう返した。どうにか直しての今です。これ以上は厳しいかと。

そしてこの四月、赤峰さんは文芸第二から文芸第一へ異動になった。仕事内容は変わらない。扱う作品の内容が変わる。ざっくり言うと、エンタメが純文になる。第二でも第一でも文芸は文芸。自分が担当する作家の作品を、部署またぎで最後まで見ることも多い。異動したあともこの作家の担当はこの編集者で、となることも稀《まれ》にある。横尾さんと赤峰さんはそうならなかった。

カジカワが横尾さんを切り捨てたわけではない。あくまでもその『トーキン・ブルース』がボツになっただけ。ただし。次もそうなったらそこまでだろう。ウチがというよりも、横尾さんがカジカワに見切りをつけるだろう。

そんな状況で、横尾さんの担当が僕にまわってきた。北里さんに呼ばれ、直々に言われた。

「菜種《なたね》。横尾さん、知ってるよな？ 横尾成吾」

「『キノカ』の人でしたっけ」

「そう。その横尾さんを頼むわ」

「僕ですか」

「ああ。横尾さんは停滞気味だから、ここらで花を咲かせてくれよ。横尾さんに花を咲かせて、ついでに菜種自身も咲いちゃってくれよ」

菜種、というのは僕の名前。井草《いぐさ》菜種。それが僕だ。

もう丸四年文芸図書編集部にいる。第二。エンタメ。これまでヒット作を出したことはない。重版になったものがいくつかあるだけだ。編集とは無関係な部署に異動になった同僚を見て、そろそろ何かはっきりした実績を挙げなければと、正直、あせっている。

今、本は売れない。ヒット作もそんなには出ない。爆発的に売れるのは年に何冊かだけ。特に小説はそうだ。時流に乗った何冊かだけがバカ売れする。皆がそこに集まるが、ほかへ広がりはしない。バカ売れした作家のほかの本へ広がりさえしない。

普通、引き継いだ者が初めて作家と会うときは前任者も同席するものだが、今ここに赤峰さんの姿はない。急遽《きゅうきょ》、担当作家に呼ばれてしまったのだ。何かトラブルがあったらしい。横尾さんには赤峰さん本人が電話をかけてその旨説明した。もちろん、僕も横尾さんに説明した。

今のこの店も、決めたのは赤峰さん。横尾さんとはいつもここで打ち合わせをしていたというので、今回もそうなった。

正直、気が重い初顔合わせだった。ボツになった直後の引き継ぎ。そのうえ、赤峰さんが来られないことが待ち合わせの一時間前に判明。気はさらに重くなった。天気が不穏な感じを演出してもいた。

いざ会ってみれば、不穏なことは何もなかった。頭を丸刈りにしているのでちょっと怖い印象もあったが、横尾さんはちっとも怖くなかった。写真で見るよりやせていた。

頬がこけ、手の甲には血管が浮いている。減量中のボクサーみたいだ。

コーヒーを飲んで、その横尾さんが言う。

「走るっていうのはさ、長い距離？」

「そうですね。十キロぐらい走ります」

「すごいな。何かスポーツをやってるとか？」

「今はやってないです」

「前はやってた？」

「はい。えーと、ボクシングを」

「そうなの？　それもすごい」

「ただやってただけですよ」

「ただやれないでしょ、ボクシングは」

「でもやめちゃいましたし。ものにはなりませんでした」

「ボクサー上がりの編集者さん。カッコいいね」

「よくないですよ。うそだと思われたりもします。僕はそんなふうには見えないみたいで。だから自分からは言わないようにしてます。隠したりもしませんけど」

「いつやってたの？　ボクシング」

「大学のときですね」

「ボクシング部でってこと？」

「いえ、ジムでやってました」

「昔から興味があったとか?」

「そういうことでもないです。何か、やってみようかなと」

「何か、やってみようかな、とも思わないでしょ。ボクシングを」

「思っちゃったんですね、僕は」

「それで始めたの?」

「それで始めました。プロにはなれませんでした」

「それで編集者になれちゃうとこがまたすごいよ。いい大学にも行ってたってことだよね?」

「でも第一志望の医学部は落ちてます」

「何、医者志望だったの?」

「志望というか。親が医者なんですよ。実家がクリニックをやってて」

「だから医学部か」

「一応、長男なので。医学部は全滅でした。模試でD判定とかいうわけでもなかったんですけど、きれいに全滅です」

「そうなると、実家のクリニックはどうなるの?」

「妹が継ぎますよ。医学部を出て、今、専攻医です。僕より頭がよくてたすかりました。医学部、三つ受かりましたからね。まあ、僕みたいになっちゃいけないってことで、多めに受けたんですけど」

「すごい家族だね」

「すいません。僕の話ばかりしちゃって」

「いや、こっちが訊いたんだし。よかったよ、知れて。赤峰さんともこんなふうに話ができればよかったのかもな。何にしても。悪いね、おれなんかを担当させちゃって」

「いえ、そんな」

「経緯を聞いて、うわぁ、と思った？」

「思いませんよ。引き継ぎはよくあることですし」

「次の人を紹介してもらえてよかったよ。じゃあ、これで、で終わりになったらどうしようかと思った」

「僕もよかったですよ、横尾さんを紹介してもらえて。こないだの『三年兄妹《さんねんきょうだい》』は、かなり好きですし」

近刊なので、引き継ぎが決まってから急いで読んだのだ。実際、おもしろかった。かなり好き、にうそはない。

「今はまだそれと『脇家族《わきかぞく》』と『キノカ』しか読んでませんけど、これから読んでいきます」

担当作家の本を編集者がすべて読んでいるかと言うと、そんなことはない。読めればそれがベスト。でも例えば三十冊出してる人の本をすべて読むのは難しい。時間がないのだ。ほかにも読まなければいけないものは山ほどあるので。今も一日一冊は読む。それでもとても追いつかない。

「では今後のことを」と横尾さんに言う。「赤峰からも話はあったかと思いますが。ウチで新たに書き下ろしをお願いできればと」

「おぉ。うれしい。もちろん、やらせてもらいますよ」

「ありがとうございます。今の時点で、これを書きたいというものが何かありますか？」

「いくつか手持ちはあるけど、まだ詰めてはいないんだよね。おれは、もとになるネタをしばらく置いといて、徐々に肉付けしていくことが多いから。編集者さんから何かお題をもらってそこから始めるっていうのも、なくはないけど。それはそれでおもしろいしね」

「『三年兄妹』はどっちだったんですか？　手持ちですか？　お題ですか？」

「あれは手持ちだね。他人だった二人が兄妹になるっていうのが元ネタとしてあったので、また他人に戻るっていうのはおもしろいなと思って。それで始まった」

「タイトルがいいですよね。『三年兄妹』」

「意味わかんないけどね」

「でも読めばわかるじゃないですか。あぁ、と思いますよ」

「『脇家族』と『キノカ』も手持ちかな。『脇家族』は新人賞をもらったやつだから当然だけど。紙《かみ》の木《き》社さんから出てる『昔あるところに』っていうのがあって、それがお題。編集者さんに、現在と過去のつながりを描くみたいなのでどうですか？　って言われたんだよね。聞いたときは、アバウトだなぁ、と思ったけど、何となく意味はわかったし、悪くないとも思ったんで、やってみた」

「このあとの刊行予定はどうなってますか？」

「水冷社さんと研風館《けんぷうかん》さんから話はもらってるよ。でもまだ進んでない。どっちも詰めてる段階。刊行時期も未定。正直、あせってるよ。『トーキン・ブルース』がなしになって、しばらく空いちゃうから」

「そう、ですよね。すいません」

「いやいや。その分、集中してかかるよ。道筋が見えたものから手をつける」

「じゃあ、どうしましょう。僕はやっぱり横尾さんが書きたいものを書いてもらうのがいいと思うんですよね。むしろこんなときだからこそ」

「で、それがまたボツになったりして。って、これ、冗談ね」

「ボツにはなりませんよ。と言いたいところですけど、僕もそこまでは言えません。そうなる可能性は、いつだってゼロではないので」

「わかってる。今回のことで身に沁《し》みたよ。小説に、書いちゃいけないものなんてない。でも書いても無駄なものは、あるんだよね。そこを勘ちがいしちゃいけないんだな。難しいね、小説は」

「難しいです。だから慎重に進めましょう。前回もそうしていただいたとは思うんですけど」

「前回以上に慎重に進めるよ」

「お願いします。僕のほうでもあれこれ考えてはみますよ。横尾さんは横尾さんで、考えてみてください。何か出たらすぐに言ってください」

「作品をボツにされた作家の話、なんていうのを持ってきちゃうかも」

「それでもいいですよ。おもしろそうならそれにしましょう。そこから何か広がるかもしれないですし。とにかく、横尾さんご自身がこれはいけるというものが出たら言ってください。次はご飯でも行きましょう。今度は寛《くつろ》いで話しましょう」

「おかげさまで、今日も寛いで話せたよ」

「じゃあ、とりあえずそういうことで。お話しできてよかったです。これからよろしくお願いします」

「こちらこそ、よろしく。赤峰さんにもよろしく」

「言っときます。ほんと、すいませんでした。急に来られなくなって」

「いや。二人じゃなかったら、菜種くんのことをここまでは聞けなかっただろうし」

「そう言ってもらえるとたすかります」

席を立ち、レジのところへ行く。

支払いは、もちろん、僕。カジカワで領収書を切ってもらった。この手の飲食代は事後申請。きちんと全額出る。額が大きい場合は申請書が必要になるが、常識的な範囲であればだいじょうぶ。

「お待たせしました」

「ごちそうさま」

店から外に出る。雨は小降りになっている。霧雨に近い小雨だ。

「九段下までは一緒に。僕も駅経由で行きますよ」

「やっぱ東京駅まで歩くわ」

「降って、ますよ？」

「このくらいなら傘を差さなくても平気でしょ。歩きながら、いろいろ考えてみる。何か思いついたら連絡するよ」

「お待ちしてます。次のご飯、何がいいですか？」

「何でも。ビールが飲めればおれは何でもいいよ。むしろ決めてほしいかな。何が来るだろうってワクワク感を楽しみたい」

「わかりました。考えます」

「じゃあ、どうもね」

「失礼します」

横尾さんが千鳥ヶ淵沿いの道を半蔵門のほうに歩いていく。もう四月だがまだ微妙に寒いので、ダウンジャケットを着ている。これ水冷社の百地さんにもらったの、高いらしいよ、と言っていた。百地さんが歳下ということで、お上がり、だそうだ。

ダウンジャケットを着ていても、細身は細身。推定、百七十五センチ、五十キロ。ボクシングならフライ級でもやれそうだ。減量すれば、一番軽いミニマム級まで落とせるだろう。リーチは長そうだから、案外いいボクサーになっていたかもしれない。

僕は反対方向に歩き、カジカワの社屋に戻った。

自分の席に着いたのは午後五時すぎ。まずはデザイナーさんやイラストレーターさんから届いていたメールに返信した。

それから、上がってきていた七月刊の小説の初校ゲラを読んだ。途中で家に帰ろうかと思ったが、中断しないほうがいいと思い直し、最後まで通した。

結果、午後十一時。

会社を出て、東京メトロの東西線に乗る。飯田橋から門前仲町までは六駅、十一分。

あっという間だ。

同じ編集部には、終点西船橋《にしふなばし》の先、そのまま東葉《とうよう》高速鉄道で行ける習志野《ならしの》市に一戸建てを買った人もいる。そこまでだと四十分ぐらいかかるらしい。自分は恵まれてるな、と思う。僕の場合、実家も門前仲町駅から歩いて行けるのだ。

地上に出ると、五分歩いてアパートに戻る。部屋は三階。そこまでは階段で上がり、手持ちのカギでドアを開ける。静かに開け、静かに閉める。そして静かにカギをかけ、静かに靴を脱いで静かに歩く。

間取りは1LDK。洋室は六・五畳だが、LDKは八畳ある。間に仕切りはないので、玄関からでもベッドが見える。家賃は十万円。共益費が三千円。相場よりは安いはずだ。ただ、二人では狭いからもう少し広いところへ移ろうと思っている。二人でそんなことを話してもいる。

そう。二人。もう一人はベッドで寝ている。石塚彩音《いしづかあやね》。カノジョだ。僕より一歳下。大手広告代理店に勤めている。

ベッドのわきに立ち、彩音の寝顔を眺める。きれいだな、と思う。笑顔であるように見える。そこがいい。なかには苦しそうな寝顔の人もいる。本当に苦しいとかいやな夢を見ているとか、そういうことではない。単純に寝顔がそうなるのだ。でも彩音はちがう。寝ていても何だか楽しそうに見える。

この四月に彩音は異動した。念願の、映画に関わる部署に移れたのだ。とても喜んでいた。それを聞いて、僕も喜んだ。

苦しそうな寝顔と楽しそうな寝顔。どちらであろうと、本人にはまったく影響がない。でも寝顔を見ることが多い同居人には、ある。苦しそうな寝顔と楽しそうな寝顔なら、楽しそうな寝顔を見ていたい。こんな人とずっと一緒に暮らしていけたら幸せだろうな、と思ってしまう。

気配を感じたのか、眠ってはいなかったのか、彩音が目を開ける。言う。

「帰ったの?」

「うん」

「おかえり」

「ただいま。起こしちゃった？」

「ううん」と彩音はきれいなうそをつき、こう続ける。「寝る」

「おやすみ」

うるさくなるからシャワーは明日の朝でいいかな、と思う。腹は減ってるけど今食べると太るから今日はもういいかな、とも思う。

五月の横尾成吾

「何か久しぶりだな」とおれが言い、

「半年ぶりぐらい？」と弓子《ゆみこ》が言う。

「そんなもん？」

「じゃない？」

「もうさ、最近、時間が経つのが早すぎて、わけわかんないわ。おれみたいな生活をしてると、曜日の感覚がなくなるし、今日が何月何日かもわからなくなる」

「今日、何月何日？」

「五月十五日」

「わかってるじゃない」

「今日はこの約束があったから。十五日だぞ、水曜だぞって、ずっと自分に言い聞かせてたよ」

「そこまでしなきゃダメなの？」

「今はだいじょうぶ。書いてないから。というか、書きだしてない。書きだせるものがないんだよ。言ってみれば、谷間の時期だな。ネタを考えなきゃいけないっていう、一番キツい時期」

「実際に書いてるときのほうが大変なんじゃないの？」

「おれは逆。書きだしちゃえば、あとはもう一日何枚のペースで機械的にいくだけだから。始めたら一日も休まないで最後までいくよ。五十日ぐらいぶっ続け」

頼んでたビールが届けられる。一杯めなのに遅いのは、サーバーからグラスへ、時間をかけて丁寧に注がれるからだ。ここはビアバー。しかもビール会社がやってる店。だからビールで手は抜かない。一杯めは三十秒以内に出すべし、といった居酒屋みたいなルールも、たぶん、ない。

おれも弓子も、頼んだのはハーフ&ハーフ。普通のピルスナータイプのビールと黒ビールを半々にしたやつだ。グラスをカチンと当てて乾杯する。飲む。

「やっぱうまいな」

「ほんと、おいしい」

焼き枝豆と炙《あぶ》りしめさばとチーズの盛り合わせを頼む。あとは？　とおれが尋ね、いい、と弓子が答える。

弓子。溝口《みぞぐち》弓子。大学の同級生だ。同い歳。まさかここまで付き合いが続くとは思わなかった。大学時代もそんなに親しかったわけではないのだ。一、二年の語学のクラスが同じだったというだけ。

弓子には友人が多くいたが、おれには少ししかいなかった。少しも少し。三、四人だ。そんなおれにも弓子は普通に話しかけてきた。大教室での授業で隣の席に座ったりもした。最初に見つけた知り合いがおれだから、という感じにすんなり座るのだ。だがそれだけ。カノジョでも何でもない。わざわざ約束して遊んだりということもなかった。

が、卒業後に、何となく連絡をとり合うようになった。飲みにも行くようになった。

弓子はカフェの会社に就職した。五種類ぐらいのカフェを経営する会社だ。セルフサービス型の店はおれもよく利用する。弓子の店という認識があるからか、よそよりはそこを選んでしまう。

弓子はまだその会社で働いてる。若いころは店長をやったりもしてたが、今は池袋《いけぶくろ》の本社にいる。店を管理する側にまわってる。役もついてる。ナントカ課長だ。

「今は書いてない時期なんだ？」とその弓子が言う。

「書いてないっていうのとはちがうか。いつも何か考えてはいるよ。大本《おおもと》のネタだったり、プロットだったり。一日何も考えないなんてことはないな」

「今日は休み、みたいに切り換えたりはしないの？」

「しない。切り換えてもどうせ考えちゃうよ」

「作家ってそうなんだね。常に作家なんだ」

「人によるだろ。溝口は？　切り換える？」

「切り換えるというか、勝手に切り換わっちゃうかな。休みの日は、店のこともコーヒーのことも一切考えない。もちろん、自分でコーヒーを飲んだりもするけど、それは店のコーヒーと結びつかない」

「そんな感じ、するよ」

「する？」

「する」

「横尾もそうかと思ってた。でも作家をわたしと一緒にしちゃダメか」

「いや、いいだろ。作家なんて何でもないよ。書く以外のことなんか何もできないし。って、それも人によるだろうけど」

「書くことができるんだからいいじゃない」

「最近、それもちょっとあやういよ」

「何で？」

「こないだボツを食らった」

そしておれは『トーキン・ブルース』の話をした。赤峰さんからボツを食らったあの話だ。

焼き枝豆を食べて、弓子は言った。

「横尾はもう長くやってるよね。何作出した？」

「十三、だな」

「なのにボツにされるんだ？」

「うん」

「そういうものなの？」

「わかんない。ほかの人のことを知らないから」

「作家の知り合い、いないんだ？」

「いないな。会う機会もないよ。パーティーとか行かないし。まあ、呼ばれないけど」

「賞でも獲《と》って、自分のパーティーを開いてもらいなよ」

「おれはそういうのに縁はないよ。賞をもらえるような作風でもない。大きいことは書かないし」

「小さいことばっかり書いてるもんね。熱いお茶を飲んで舌を火傷した、とか。その描写で一ページ」

「そうそう」

「賞とか獲れば、本は売れるんでしょ？」

「だろうな。でもそれ一冊だけかも。『キノカ』みたいに」

「あぁ。映画になったやつ。あれは売れたんだ？」

「鷲見翔平《わしみしょうへい》さんのおかげでね。あれがあったからどうにかやってるよ。あの貯金で食ってる」

「食べられてるんだからいいじゃない。作家の収入だけで食べていける人なんて少ないでしょ？」

「ほんの一握りだと思うよ」

「その一握りに入れてるじゃない」

「いやいや。おれは強引に入ってるだけ。生活の質を下げてるだけ」

「でもこうやって銀座《ぎんざ》でお酒飲めてるじゃない」

「唯一の贅沢《ぜいたく》だよ。おれが生活費以外で金をつかうのはこれだけ。部屋自体、いまだにワンルームだし」

「一人なら充分じゃない。二部屋、いらないでしょ？」

「いらない」

「最低限のものしかないんだもんね」

「そう。こないだ、電子レンジが壊れたから新しいのを買ったよ。これが、何と、五千円台」

「安っ！」

「だろ？　そんなだから、やっていけてるわけ」

「わたしも似たようなものではあるかな。手の込んだ料理はしないから、高いオーブンとかは必要ないし」

炙りしめさばを食べる。うまいな、と思う。炙ってるところがニクい。普段はほぼ豆腐に納豆にキムチのみ。それ以外を食べると、本当にうまいと感じる。編集者にいい店に連れて行ってもらうと、うめえなぁ、とまさに感動してしまう。

一方で、おれはいつも食べてる三パック四十二円の納豆や一丁三十円の豆腐もうまいと感じる。その食事を楽しめる。毎日それでいいと思える。人としてのおれの唯一の長所だろう。それがなければ、こんな暮らしはしてられない。

ともに二杯めのビールを頼む。弓子はピルスナータイプ、おれは黒。

やはり時間をかけて届けられたそれを一口飲んで、弓子が言う。

「そういえばさ、五十になっちゃったよ」

「そうか。溝口も五月生まれだ」

「横尾の十日後。毎年こんな話をしてるから、覚えちゃった」

おれが五月二日で弓子が五月十二日。おれも覚えちゃった。

「よくここまで生きてきたよな」

「ほんと、そう思う」

「二十代のころは、自分が四十になるとさえ思わなかったのに」

「三十になった時点でもうあせったよね」

「あせった。これで完全におっさんだと思った」

「で、四十になって、絶望」

「そこではさ、妙なあきらめが来たよな」

「もうしょうがない、みたいなね」

「そう。それでちょっと楽になるんだ。いい意味で、どうでもよくなる。二十代が彼方《かなた》に遠ざかったことを自覚して、カッコをつけなくなる。服も無地でよくなる」

「確かに無地しか着ないよね、横尾。柄ものを着てるの、見たことない」

「柄ものはいやなんだよ。その柄を選んだみたいになっちゃうから。同じ理由で、ブランドのロゴもいらない」

「それはちょっとわかる。買わされたうえに宣伝もさせられてるような気になっちゃうのよね。わたしが歩いてるんじゃなくて、服が歩いてるみたいになっちゃう」

「だから無地。単色。おれ、夏はいつもグレーのTシャツだろ？　同じのを十枚ぐらい持ってて、それを着まわしてる」

「十枚しかないの？」

「そう。すべてがそんなふうに最小限だから、ワンルームで充分なんだな。あ、でもあれだ、こないだ読んだ小説に一生ワンルームって言葉が出てきて、ドキッとしたよ。おれ、まちがいなくそうなるなぁ、と思って」

「そもそも部屋に本がないっていうのがすごいよね。作家なら、書斎があって、本棚にいっぱいの本に囲まれてたりしそうじゃない」

「そんな人もいるだろうけど、おれみたいなのもいるだろ。少しは」

「でも世間のイメージはそっちだよね」

「サスペンスドラマとかに出てくる作家って、いまだにそうだもんな。いい家に住んで、いい服を着て、いいワイン飲んで、出す本みんな売れて。安い電子レンジを自分で運んで筋肉痛になってる作家とか、見たことねえよ」

「そう描いたら逆にうそっぽく見えちゃうんでしょうね。そういうのは、どちらかといえば芸人さんとかのイメージなんでしょ」

「あぁ。そうかも」

「SNSとかやって、作家の実像はこんなんですってアピールすれば？」

「しない。めんどくさいし、やり方もわかんない。ああいうのって、何度も更新するんだろ？　そんなことやりだしたら、それで一日が終わっちゃうよ」

「時間が経つのがもっと早くなるかもね」

「今日が何日どころか、自分が何歳かもわかんなくなりそうだ。というか、すでになってるし。おれ、まだ四十九歳のときからもう五十歳だと思ってたもんな。次は五十って意識が、いつの間にか、もう五十、にすり替わっちゃってんのよ。四十代からはずっとそんなだな」

「サバを読むんじゃなく、上にいっちゃうんだ？」

「そう。だからそうならないよう気をつけてたら、今度はいつの間にか誕生日が過ぎて て、結果、サバを読んじゃったこともあるよ。そうなると、おっさんというかもう、おじいさんだな」

「五十でおじいさんはヤバいよ」

「ヤバい。気をつけなきゃ。といっても、気をつけようがないけど」

「横尾は毎日歩いてるでしょ？　それは、いいんじゃない？」

「あぁ。でもこないださ、歩いてたら銃で撃たれたよ」

「は？」

「ガキに」

「どういうこと？」

おれはそのことを話した。みつば中央公園を歩いてたらガキにおもちゃの銃で撃たれたこと。すぐに散歩を切りあげてアパートに戻り、小説のネタのストックに加えたこと。

弓子はそれを聞いて笑った。

「撃たれて、怒らなかったんだ？」

「怒らなかった。注意はするべきかとも思ったけど。まあ、ガキもヤバいとは思ってたみたいだし」

「注意されなかったからっていうんで、またやっちゃうかもよ」

「じゃあ、次は注意するよ」

「次って。二度撃たれたら、それこそヤバいでしょ。もう、撃っていい人に見えちゃってるってことだよ」

「それはヤバいな、確かに」

「でも、何かおもしろいね」

「いや、悲しいだろ。五十でガキに撃たれてんだから」

「そんな経験、なかなかできないよ」

「したくねえよ」

「ネタになるならいいじゃない。ほんとに書きなよ、それ」

「どこかでな」

チーズを食べ、ビールを飲む。

弓子が言う。

「こないだ、『眠るための場所』を読んだよ」

「お、マジで?」

「うん。本屋さんになかったから、アマゾンで買った」

「書店は、昔のは置いてくれないからな。スペースがなくて」

「文庫には、なってないんだね」

「なってない。今は文庫になるのも大変だよ。前は、単行本で出して三年経ったら文庫、みたいな流れがあったけど」

「あれ、何作め?」

「三作めだな。『キノカ』が売れたときに文庫にしてくんないかなと思ったけど、そうはならなかった」

「最近のとはちょっとちがうよね。何ていうか、黒い。大学生が義理の母親としちゃうし、小学生がバットで殴られちゃうし」

『眠るための場所』は、新興住宅地を舞台にした話だ。いたるところで歪みが起き、それが事故や事件につながる。確かに、最近はその手のものをあまり書いてない。新人賞に応募してたころはそちらのほうが多かったが。

「今にくらべると文章が粗い気もしたけど、おもしろかった。構成も凝ってるよね。連作短編ぽくはしてるけど、やっぱり長編だし」

「あのころはまだ構成から入るようなとこがあったんだ。まず枠組を考えて、そこに話を当てはめるとか。見せ方をいろいろ試してたよ」

「もうそういうことはしないの？」

「しないことはない。ただ、あんまり求められてはいないかな。構成で凝りすぎると、読みにくいって言われることもあるし。『眠るための場所』のあとぐらいに、編集者にも言われたよ。構成はいいからまずはお話に重点を置きましょうって」

「で、そうしたの？」

「そのときは」

「それが、何？」

「『ポルノチック・テイル』かな」

「あぁ。AV男優の話だ。一人で娘を育ててる」

「そう」

「言われてみれば、わかるような気もする。でも、どっちが正しいの？」

「どっちが正しいってことはないよ。ものによって選ぶべきなんだろうな。話そのもののおもしろさを求められることのほうが、多いことは多い」

基本、おれは人と小説の話をしない。

のだが。弓子とはする。できる。

弓子も同じ文学部卒だから、ではないと思う。できるのは、弓子が弓子だから。あれ好きこれ嫌い、ではなく、自身の好みとは別にきちんとものごとの価値を見極められる人だからだ。

新人賞に応募しては落選してた投稿暗黒時代も、弓子とだけは会ってきた。年に二、三度会って酒を飲むだけだが、それを四半世紀以上続けてきた。

人と人の関係は、いつだって一対一。それ以外はないとおれは思ってる。弓子とは、その関係がうまく成り立つのだ。男女がどうとか、そういうのとは離れたところで。

「横尾ってさ、家族小説の名手、みたいなこと言われてない？」

「名手とは言われてないけど、家族小説を書くやつとは言われてるかもな。たまたまそういうのが続いたから。おれ自身は家族持ちじゃないのに」

「知らないことは書けないんじゃ、作家は務まらないもんね」

「ほんとに知らないことは書けないけどな。例えばおれに時代小説は書けないし」

「調べれば書けるでしょ。みんなそうじゃない。実際に織田信長と会ったことがある人なんていないし、実際に江戸の町で暮らしたことがある人もいない」

「おれは調べて書くタイプじゃないよ」

「横尾ふうに書けばいいじゃない。江戸の町を歩いてたら子どもたちに吹き矢でやられちゃう、みたいな話」

「あぁ。それなら書けるか。でも、つまんなくないか?」

「そこはおもしろくしてよ」

「うーん。自信ないわ」

そんなしょうもない話をしてるうちに時間は過ぎる。もう二人とも五十歳。ピザやスパゲティなんかの食事メニューは重いということで、トマトソースのペンネにキャベツと胡瓜《きゅうり》の浅漬けを頼む。

三杯めの飲みものは、おれがレッドアイで弓子がシャンディガフ。どちらもビールをベースにしたカクテルだ。ビールをそれぞれトマトジュースとジンジャーエールで割るからアルコール度数は低い。三杯めにはちょうどいい。

ビールとトマトジュースを混ぜるなんてうそだろ? と二十代のころは思ってたレッドアイを、これはこれでうまいな、と思いながら飲む。ペンネも、食べてみればうまいな、と思いながら食べる。そして言う。

「ボツを食らわされる五十歳。おれ、相当ヤバいわ。投稿をくり返してた暗黒時代もヤバかったけど、今もヤバい」

「この辺で気持ちを入れ直せっていうお告げなんでしょ。横尾さ、思いきって、結婚でもしてみたらどう？」

「は？」

「若い子と結婚して、子どもつくって、父親になるの。そうすれば、ものの見方とか、変わるかもよ」

「変わるかもしれないけど。無理だろ。誰だよ、若い子って」

「誰かいるでしょ。名前が出てる作家なんだから、惹《ひ》かれる子はいるはず」

「いないよ。丸刈りでいつも同じ服を着てる五十のおっさんには誰も惹かれない。それに、おれは、たぶん、人とは暮らせない。もう一人でいることに慣れすぎてる。一人でいることを、選んでもきたしな」

「でも子どものころは家族と住んでたわけでしょ？」

「そうだけど」

住んでた。だが十八歳まで。早く一人暮らしがしたいと思ってた。

横尾家はごく普通の四人家族だった。父兵吾《ひょうご》と母悦《えつ》と兄壮吾《そうご》とおれの四人。父はすでに亡くなったが、母はまだ元気。兄夫婦とその息子との四人で暮らしてる。

父はおれが新人賞をもらう前に亡くなったから、おれが作家になったことを知らない。母は知ってるが、おれの本は読まない。おれが作家になったことを快く思ってないとか、そういうことではない。もう八十代。目が疲れるから、という理由で本を読まないのだ。

レッドアイを一口飲んで、おれは弓子に言う。

「五十代の男も、二割は結婚してないんだってな」

「そうみたいね」

「二割って聞いたときは、結構多いと思ったよ。でもよく考えて、思い直した。八割は結婚してんのかよって。全体の八割が結婚してるって、すごくないか？」

「そうなるようにできてるんでしょうね。人間そのものも、社会の制度も」

「で、何かで見たんだけどさ、五十代独身男性の初婚率って、一パーセントもないのな。再婚率でも二パーセントぐらいらしい。笑ったよ。ほぼ無理ってことだろ」

「数が多い分、女はさらに低いでしょうね」

「いつの間にかそんなことになってたんだな、おれら」

「そんな数字にあんまり意味はないけどね。結婚する人はするんだし。って、こんなこと言うと、負け惜しみととられるか」

「とるやつはとるな」

「ほとんどがそうとるよ」

「溝口は結婚しないの？」と言ってから、足す。「って、これ、セクハラ？」

「だいじょうぶ。もうそんなの気にしないから。といっても、会社の人に言われたらそれはセクハラだってちゃんと言うけど。横尾ならセーフ」

「よかった。で、しないの？」

「しないよ」

「即答かよ」

「即答だよ」

ペンネをつまみ、シャンディガフを飲んで、弓子が言う。

「そういえば、横尾、もう花粉はだいじょうぶ？」

「ああ。やっとヒノキも終わったよ。いつもゴールデンウィークまで。そこまでは医者の薬を飲む。三月から飲みっぱなし。おれはほっとくとノドの痛みが出るからさ。そうなるともう、書くのに集中できないんだよな。だから二月中に耳鼻科に行って薬をもらう。シーズン終了まで一度も痛みを出さない」

「耳鼻科、その時季はすごく混まない？」

「死ぬほど混むよ。だから予約できるとこに行ってる」

「へぇ。耳鼻科で予約できるのはいいね」

「その代わり、遠いんだよ。一時間歩く」

「バスか何かないの？」

「あるけど歩く。バス代は高いから」

「さすが横尾」

「溝口は、花粉は？」

「終わった。今年も薬を飲まないでがんばった。ここ何年かはそうしてる」

「マジか」

「どうしてもダメなときは市販の薬を飲むけど。今年は一度も飲まなかった」

「すごいな」

「ほんとにがんばったよ」

「ヤバいな。薬の話とか病院の話とか。まさに五十代だ」

「いいんじゃない？　実際に五十代なんだし」

「まあな」

「ペンネ、残りは横尾が食べて。わたしはもうお腹いっぱい」

「じゃ、もらうわ」

おれは普段はあまり食べない。だが飲むときは抑えないようにしてる。抑えると楽しくないから。考えてみれば。おれが楽しいと感じるのは、こうして弓子と飲むときぐらいだ。書くことも楽しんではいるが、書きながら楽しいと感じてるわけではない。

弓子と店で待ち合わせをしたのが午後七時半で、店を出たのが午後十時。二時間半。いつもの感じだ。

二軒めに行ったりはしない。おとなしく帰る。四十代になってからは毎回そう。行こうと思えば行けるが、おれも弓子も行こうとは言わない。支払いも割り勘だ。これは二十代からそう。多く食ってるから多く出すよ、とおれが言っても、いいよ、と弓子は言う。

銀座柳《やなぎ》通りまで歩き、そこで別れる。

「またね」と弓子。

「ああ」とおれ。

弓子はすぐそこにある東京メトロの銀座一丁目駅から有楽町《ゆうらくちょう》線に乗り、おれはJRの東京駅まで歩く。勤務先の最寄駅が東池袋だから、弓子は江戸川橋《えどがわばし》に住んでるのだ。アパートはアパートだが、おれとちがってワンルームではない。二間。

東京から快速の最終に乗って、みつばへ。

着いたのは午後十一時前。今日は酒を飲んだのでフロはなし。アパートに帰ったらすぐに寝て明日に備えよう。そう思った。夜ということで、みつば中央公園に寄ったりはせず、アパートに向かう。

みつばは埋立地。何十年も前に造成された住宅地だ。道は碁盤の目状で、どれもまっすぐ。市名は蜜葉だが、ここの地名はみつば。あとづけだから、わかりやすくひらがなにしたのだ。市の広報紙にそんなようなことが書いてあった。

いわゆるベッドタウンとして造られた町。おれの小説ではないが、まさに『眠るための場所』だ。治安は悪くない。まったく悪くないと言っていい。

はずなのだが。

おれが歩いてると、児童公園のほうでガシャンと音がした。そんなに大きくはなかったが、夜だから耳に届いた。わきの道をこちらに向けてやってきたチャリが駐《と》められた音なのだと気づく。駐められたというよりは、乗り捨てられた感じだ。公園の柵にチャりを立てかけた感じ。

こちらへ歩いてくる二人の姿が見える。十代。後半あたり。二人乗りをしてたらしい。公園のわきでチャリから降りたのだ。

と、そこまで考えて、思う。降りて、あの駐め方。もしかして、盗んだチャリ？

それとなく振り向いてみる。二人はおれと同じ向きに歩いてる。案外近くにいる。そのためか、話はしてない。その世代で、ガシャンとチャリを駐めたくせに話はしない二人組。おれを尾《つ》けてるのか？

一気に妄想が膨らむ。

チャリに乗ってたときから、道を行くおれの姿は見えてたはずだ。片方が言う。あいつは？　もう片方が言う。オッケー。二人はチャリから降りる。ガシャン。で、おれのあとを追う。徐々に距離を詰める。近くに人がいないことを確認したら、次は。

かつてオヤジ狩りなる言葉があった。帰宅途中の中高年サラリーマンを脅して財布を奪ったりする、というものだ。インパクトのある言葉なので一時的に流行《はや》ったが、最近はあまり聞かない。だが行為そのものがなくなったわけではないだろう。

当時から、いやな言葉だし、いやな行為だと思ってた。ただ金品を奪うだけではない。そこには歳上の人間を貶《おとし》めるという加虐目的も含まれてる。それがいやだった。

歳下の者に、脅され、殴られ、金をとられる。かなりこたえるだろう。心がダメージを負ってしまうだろう。傷はその先も長く残るはずだ。

十数メートル先の信号。歩行者用信号。その青が点滅してるのが見えた。

走りだす。その青で横断歩道を渡りきろうと思ったのだ。つまり、渡りきろうとしてる、と見せようとしたのだ。

住宅地内。この時刻に車は通らない。この時刻にあの信号を守ろうとする者もいない。滑稽《こっけい》は滑稽だ。だがいやなダメージを受けるよりは滑稽に見られるほうがいい。

根拠は何もない。二人はただ夜遊びをしてた少年たちかもしれない。何なら気のいい少年たちかもしれない。チャリだって自分たちのものかもしれない。だからこそあんな駐め方をしたのかもしれない。

何にしても。こうすれば試せる。二人も走りだしたらアウトだ。狙われたと考えていい。大声を出したり何だりするしかない。走りださなければ、それはそれでいい。

おれももう五十。十代の者たちには敵《かな》わない。二十代、三十代にも敵わない。悲しいが、それが現実だ。これからはより敵わなくなっていく。そしておれは一人。自分の身は自分で守らなければならない。戦わなくていい。逃げてでも守らなければならない。

一度も振り向かずに走る。途中で信号は赤になったが、それでもどうにか横断歩道を渡りきる。

足音は聞こえなかったから、追われてないことはわかってた。振り向き、念のため確認する。二人は横断歩道を渡らず、手前で右に曲がってた。

何でもなかったのか、二人があきらめただけなのか。どちらでもいい。自分が無事でいられることに安堵した。みつば中央公園でガキに撃たれたことが、もしかしたら役に立ってたのかもしれない。わけもわからずいきなり攻撃されることもある。それを知れたという意味で。

今の二人が本物なら、おもちゃの銃レベルではすまなかったはず。だから逃げてよかったのだ。そう結論した。金はとられなかったし、心に傷も負わなかった。これで明日も書ける。書いていられる。今のこの話も、ネタのストックに加えるべきだろう。

で、アパートに帰り。

寝て、起きた。

寝たのが午前〇時で、起きたのが午前四時半。いつものように、目は覚めてしまった。

無駄に想像しない。無駄に休まない。無駄に求めない。無駄に守らない。

これまたいつものように、フトンのなかでそう言ってから上半身を起こす。スタートの合図みたいなものだ。例えば寒い冬の朝でも、呪文《じゅもん》のようにそれを唱え、終えると同時にガバッと起き上がる。

座右の銘、といったものではない。偉い人が残した言葉でもない。おれがつくった言葉だ。怠惰な自分を戒めるべくこしらえた言葉。

初めはもっと長かったが、絞りに絞って四項目にまとめた。今の形に落ちついたのは十数年前。すでに作家にはなってた。だが暗黒時代は続いてたので、ストレスを少しでも減らすべく、考えた。

無駄に想像しない。は、要するに、先のことをあれこれ想像してくよくよするなという意味だ。

この小説が編集者に受け入れられなかったらどうしよう。このタイトルが受け入れられなかったらどうしよう。そんなことを考えても意味はない。考えたところで結果は変わらないのだ。あらかじめ考えておいたところで、実際にそうなったときのショックが軽減されるわけでもない。

無駄に休まない。は、要するに、ダラダラするなということだ。

編集者から受け入れ難い直しの指示が来ても、向き合えばどうにかなる。初めは絶対無理と思っても、向き合いさえすれば何らかの糸口は見つかるものだ。冷静に向き合えるようになるまでの時間は必要。おれの場合は一週間。そこからは向き合う。無理にでも向き合う。おれと原稿のあいだにバチバチと火花が散る。時には完全な火となって燃え盛る。だが最後には抑えこむ。鎮火させる。

無駄に求めない。は、要するに、高望みをするなということだ。

他人に何かを期待するなということでもある。他人に何かしてもらえるのはあくまでもボーナス。そのくらいに考えておけばいい。どんなことでもそう。自分で手をつけない限り何も生まれはしないのだ。

無駄に守らない。は、要するに、守りに入るなということだ。

四つの最後にこれを持ってきたことにも意味がある。前の三つを実践したうえで、守りには入るな、ということ。あれこれやってると、いつの間にか守りに入ってることがある。例えば編集者に気に入られるものを書こうとしてしまうとか。悪いこととは言わないが、それがすべてであってはいけない。

この四項目で、だいたいのことはカバーできる。書くことだけではない。生活のすべてにおいて言えることだ。これらを意識しておけばどうにかなる。おれはそう思ってる。目を覚ましてそんなふうに呪文を唱えるのは、午前四時台。書きだせば自然とそうなり、一日は安定する。

目覚まし時計は持ってない。スマホのアラームもセットしない。そのあたりで自動的に目は覚める。午前三時台のときもある。一度覚めるともう終わり。何故か二度寝はできない。それがわかってるから、もう起きるしかない。疲れはとれてないが、疲れきってるわけでもないので、呪文を唱え、起きてしまう。

そしてノートパソコンを立ち上げるあいだにストレッチをやる。屈伸《くっしん》と伸脚《しんきゃく》をやり、手首足首をまわして、アキレス腱《けん》を伸ばす。次いでマットレスに横たわり、腹筋を五十回やる。

それは二十歳のころから続けてる。本当に一日も欠かしてない。どこかよそに泊まるときもやる。ビジネスホテルのベッドの上でもやる。二日酔いでもやる。熱が四十度近くあるときもやる。それだけはやらないと気持ちが悪いのだ。

その証拠に腹筋は割れてる。いわゆるシックスパックになってる。肉を食べなくなったので腕と胸の筋肉は落ちてしまったが、腹筋は残ってる。何せ、三十年やってるのだ。そうなってなければおかしい。

それらをやり終えたころにはパソコンが立ち上がってるので、天気とニュースを見ながらバターロールを二個食べ、マグカップに移して電子レンジで温めたペットボトルのお茶を一杯飲む。

その質素な朝メシをすませると、ヤカンで湯を沸かしてインスタントコーヒーを入れ、執筆に入る。もう、いきなり入る。目を覚ましてからちょうど三十分というあたり。だからまだ午前四時台。

自分でも感心する。例えば学生時代、起きて三十分で勉強なんて、絶対にできなかった。起きて二時間でも無理だったろう。実際、小中高大すべての学校において、一時間目の授業をちゃんと聞いてたことはない。

勉強とちがい、好きなことだからできる。それは確かだ。とはいえ、楽ではない。すんなりとはいかない。だが起きたてで疲れがないうちにやってしまう。強引にとりかかってしまう。

そうすると、いつしか入りこんでる。午前六時になり、七時になり、八時になり、九時になってる。日によっては、十時にも十一時にもなってる。

そのあいだに、インスタントコーヒーはもう一杯入れる。二十代のころは一日十杯以上飲んでた。何杯とは考えず、カップが空いたことに気づいたらすぐに次を入れてた。

さすがに今は一日三杯ぐらいに抑えるようになった。いや、抑えたつもりもないが、自然とそうなった。

五時間ほど書いて、午前の部は終了。その後は歯をみがきながら本を読んだりする。最近は本を読む代わりに無料のサイトでドラマを見たりもする。テレビドラマなんて昔は見なかったが、ここ何年かで見るようになった。五時間書いたあとに本を読むのはしんどいので、その代わりに見るのだ。見たいからというよりは、物語に触れておくために。今どんなものが好まれてるかをある程度知っておくためにも。

そのあとは体育の時間。これは朝のストレッチとは別。また屈伸や伸脚から始め、腹筋をまた五十回と、腕立て伏せも五十回やる。ストレッチもやる。

心肺機能も鍛えるべしということで、三十代のころまではスクワットも五十回やってた。が、四十代に入ってやめた。不意にしゃがんだりすると、左ひざにピキッと激痛が走るようになったのだ。声を上げてしまうほどの激痛。一気に力が抜け、カクンと崩れ落ちる。こらえきれない。

イメージとしては、折りたたみ傘。あれをたたむとき、関節にあたる継ぎ目の部分を、一度わずかに伸ばしてから折り曲げる。その一度伸ばしを省いていきなりポキッとやってしまった感じ。

日常的に痛みがあるわけではない。普段はだいじょうぶ。歩いてて痛むこともない。ただ、ひざを深く曲げるときは要注意。ぎっくり腰みたいなものなのだと思う。

体育の時間を終えると、買物を絡めた散歩に出る。それが昼すぎぐらい。買物は二日に一度。あちこちをまわってスーパーに行き、帰りは荷物があるのでまっすぐアパートへ。トータルで一時間は歩くよう調整する。

そしてようやく昼メシだ。パックのご飯に、おかずとして買ってきたさつま揚げやもずく酢やトマトや胡瓜。あとは、朝と同じく温めたお茶。で、また動画を見つつ、歯をみがく。

それをすませたあたりでバッテリーが切れる。四、五時間しか寝てない日も多いので、一気に疲れが来る。そうなったらもう抗《あらが》わない。ササッとフトンを敷いて寝てしまう。結構がっつりいく。午後の保育園児ばりに寝る。

短くても一時間。長ければ二時間。またしても、目は自動的に覚める。

呪文はもう唱えない。今度はただの景気づけ。昔、テレビで見たJリーグの試合。そのスタンドでサポーターが掲げてた横断幕。勝て、勝て、勝て、勝て。ホームやぞ！

それが印象に残ってたので、借用した。まだ時間はあるぞ。自分の家にいるんだぞ。サボんなよ。という意味で。

書け、書け、書け、書け。ホームやぞ！

そうつぶやいて、ガバッと起きる。

そこからは午後の部。二時間ほど書く。

晩メシは午後七時半ごろ。またパックのご飯にトマトに胡瓜。おかずは納豆とキムチ。

みそ汁はインスタントの減塩タイプ。十二袋で九十八円の最安品だ。具はわかめの切れっぱしのみ。そこへ豆腐半丁をぶち込む。みそ汁というよりは豆腐汁。だが、いい。豆腐は好きなのだ。毎日でも飽きない。現に毎日やってる。

残りの半丁はキムチと一緒に食べる。半丁がみそ汁のお椀《わん》に移ってできた容器の空きスペースに一食分およそ五十グラムのキムチを入れる。そうすると、豆腐が半分キムチが半分の豪華おかずセットができあがる。万全の晩メシだ。また言うが。毎日でも飽きない。現に毎日やってる。そんなだから、おれはガリガリにやせてるわけだが。

ガリガリにやせてるおれは、さらにガリガリになることも厭《いと》わずに歩く。交通費を浮かせるためにも歩き、書くためにも歩く。

ものを考えるのに一番適してるのは歩いてるときだと思う。動いてることがいいのかもしれない。風景が変わることもいいのかもしれない。

雨が降ってなければ、一日一時間は歩く。もう五十。ダリいな、と思うこともある。だが出てしまえば、出てきてよかった、と思う。三十分も歩けば気持ちは切り換わる。そう。三十分が境かもしれない。二十分では短い。

歩くだけのときは何も持たない。手ぶら。リュックを背負ったりもしない。ジャージを着たりもしない。靴はウォーキングシューズだから足も痛まない。底はやたらと減るが。

歩くコースは主に二つ。それは気分によって決める。海か山か、みたいなところだ。

海は、文字どおりの海。東京湾の人工海浜。何なら砂浜も少し歩く。山は、ちょっと大げさ。高台の四葉。国道にかかる陸橋を上っていく。JRのみつば駅と私鉄の四葉駅を結ぶバス通りだ。四葉も住宅地ではあるが、まだまだ畑や雑木林も残されてる。みつばとちがい、道もくねくね曲がってる。これからはマンションを建てたりする計画もあるらしい。東京まで三十分強。便利は便利なのだ。

今日おれが選んだのはその四葉コース。往復で一時間を超えてもいい、というくらいの気持ちでアパートを出た。

歩くペースは速い。時速五キロは超えてるはずだ。で、五分もすれば、何かしら考えてる。人間なんてそんなものだ。まったく何も考えずにいるほうが難しい。

『トーキン・ブルース』をボツにされたことは、まだどこかに引っかかってる。当然だ。しかたないね、と赤峰さんには言った。が、そう簡単には消化できない。

ボツなら何度も経験してる。新人賞の落選もボツと考えれば、もう数えきれない。何度も何度も落とされた。落とされれば、ショックを受ける。一週間ぐらいはブルーな状態が続く。新人賞でもそれだから、プロになってからのボツは本当に痛い。あなたはプロとしてダメですよ、と言われたようなものなのだ。

でも、書く。何故か。書くしかないから。おれは書く人だから。

作家は、たぶん、二種類に大別される。ほかの何にでもなれたのに作家になるのを選んだ者たちと、作家になるしかなかった者たちだ。

おれはまちがいなく後者。時間はかかったが、それでも運がよかった。作家になるしかなかったのに作家になれなかった人たちはたくさんいるわけだから。

おれは何故小説が好きなのか。

答は簡単。すぐに出る。

文字だけで世界を築けるから。一人でそれができるから。

音も映像もなし。文字だけで世界を築ける。伝えられる。すごいことだ。

文字ならたいていの人が書ける。というか、誰もがすでに作家なのだ。あとはそれを自認するかしないか。書きだすか書きださないか。それだけ。

おれは書きだした。以来、ずっと一人でやってきた。

作家は必要とされてるわけではない。作家がいなければ世の中はまわらない。そんなものではまったくない。その感じも自分に合ったのだと思う。やるかやらないかは自由。で、やる。

おれは人の土俵では勝負できない。だから自分の土俵をつくった。その狭い土俵に人を引き寄せるしかなかった。ひどく時間がかかった。かかり過ぎて、それすらできないんじゃないかと思った。今もまだ、できたとは言えない。

書きだしたのは遅い。二十四歳のときだ。二年で会社をやめ、おれは小説を書きだした。

初めは自分のことばかり書いた。何を拾い何を捨てればいいかわからず、あったこと、思ったことを、すべてそのまま書いた。時刻は午後三時二十四分でとか、前から歩いてきた女は淡いブルーのワンピースを着ていてとか。

おれがそこまで強い印象を受けたのだからそれを書けば読者にも伝わるだろう。そんな思いこみがあった。だからすべてを忠実に伝えなければならん。そう信じこんでたのだ。それじゃダメだと気づくまでに二年ぐらいかかった。なら才能がないんでしょ、と言われたら否定はできない。

たまに、初めて書いた作品で新人賞を受賞！　なんて人がいる。天才かよ、と思う。そんな人にはまちがいなく才能がある。書きだした時点ですでに取捨選択ができてるということなのだ。取捨選択。何の？　言葉の。そして。何は書き、何は書かないかの。

小説は十年やる覚悟が必要だと言われたりもする。おれは十年じゃきかなかった。投稿暗黒時代は実に十三年続いた。

初めの半年は会社員時代の微々たる貯金で食った。その半年が過ぎ、腰を据えてかからなきゃマズいと気づいてからは、郵便局で深夜勤のバイトをした。午後十時から午前七時まで。週五。昼と夜を完全にひっくり返した。午後十時から午前五時までは深夜割増がつく。だからどうにか暮らしていけた。

ただ、気持ちは削られた。先は少しも見えなかった。ゴールが用意されてはいない。

おれはただの勘ちがい野郎かもしれない。そんな不安は常にあった。書くことで、おれは自分を保ちつづけた。応募、落選、ブルー。どうにか立ち直り、また応募、また落選、またブルー。それでも書きつづけた。

結果は唐突に出た。

ケータイに知らない番号から電話がかかってきた。当時はガラケーもガラケー。おれがつかってたのは二つ折りにすらできないタイプだった。画面もカラーではない。その画面に表示されたのがケータイの番号なら出なかったかもしれない。頭の数字が〇三だったので、出た。

「もしもし」

「もしもし。わたくし水冷社のモモチと申します。こちら、横尾成吾さんのケータイでよろしいでしょうか」

「はい」

「小説水冷新人賞にご応募いただきありがとうございます。このたび、横尾さんの『脇家族』が最終選考に残りまして」

「あぁ、そうですか」

そして最終選考会の日にちを伝えられ、選ばれた場合は受賞する意思があるか訊かれた。ないわけないだろ、と思いつつ、あります、と答えた。作品は確かに自分で書いたものかとも訊かれた。決まってんだろ、と思いつつ、そうです、と答えた。

で、ほぼ一ヵ月待たされ、また電話が来た。

そのころのおれは、まだ無駄に想像しないおれではなかった。一ヵ月、無駄に想像しまくってた。最終選考に残ったのは五人と言ってたから、確率的に受かるわけがない、との結論に落ちついてた。

「横尾さんの受賞が決まりました。おめでとうございます」

まずは驚いた。通話を終えたあとに喜びが来た。ワンルームのアパートなので声は出せなかったが、ガッツポーズぐらいはした。体に震えも来た。喜びもそうだが、安堵も強かった。

それで暗黒時代が終わったかと言うと。そんなことはない。投稿暗黒時代から投稿がとれただけ。まだまだ暗黒は続いた。そこからも長かった。

小説水冷新人賞受賞作『脇家族』は、手直ししたうえで半年後に刊行された。当たり前に売れなかった。

次の話ももらってたが、早くも停滞した。手持ちのネタを出してもオーケーが出ないのだ。ダメ出しの嵐。書きだせるところまでもいかなかった。おれも新人、どうしていいかわからなかった。何がどうダメなのかさえわからなかった。当時の担当は百地さん。最終選考に残ったときに電話をくれた人だ。後にダウンジャケットをくれる人でもある。四十三歳なのに、今は水冷社の文芸編集長。

二作めの『ティムと野球と僕たちと』が刊行されたのは、『脇家族』を出して二年以上が過ぎてから。もはや受賞後第一作という感じでもなかった。実際、帯にもそうは書かれなかった。

それも売れなかったが、幸い、よそから声がかかった。紙の木社と研風館だ。紙の木社からは『眠るための場所』を出し、研風館からは『ポルノチック・テイル』を出した。やはり初版止まりだったが、どちらも引きつづき声をかけてくれ、紙の木社からは『昔あるところに』を、研風館からは『藁《わら》もない』を出した。

紙の木社の担当は今三十五歳の西垣英克《にしがきひでかつ》さん。研風館の担当は今四十歳の九鬼《くき》丈親《たけちか》さん。どちらも変わってない。おれを担当するようになってから異動はしてない。

そして幸運が舞いこんだ。水冷社で出した三作め『キノカ』が映画化されたのだ。大手の映画会社が制作し、主演に鷲見翔平さんを据えた。原作料は大したことなかったが、本が売れてくれた。その一冊でそこまでの六冊分を超える金が入ってきた。作家としての首もつながった。

百地さんの提案で、『キノカ』は思いきったエンタメ作にした。ファンタジーもファンタジー。何と、天使を出した。それが地上に降りてきてしまった。というか、落ちてきてしまった。

書いてて楽しかったが、また書きたいかと言われると難しい。売れはしたが、それがおれのベストかと言われると、これまた難しい。

売れたことは売れたから、またあの感じで、と言われることもあるのではないかと思った。が、百地さんは言わなかった。あれはあれで終わり、次はうまくいかない、と考えたようだ。

その後、これねこ舎《しゃ》からも話をもらい、『女に始まる』を出した。これ、実はかなり自信があったが、主人公がヒモ男であることが災いしたらしく、やはり売れなかった。ねこ舎の担当は今四十四歳の南郷《なんごう》千鶴子《ちづこ》さん。『キノカ』のあとによくそれを書かせてくれたと思う。

結局、『キノカ』効果はほかに波及しなかった。『キノカ』そのものが売れただけ。原作者のほかの本も読んでみよう、にはならなかった。

それからも、水冷社からは『トレイン・ソング・ソング』、紙の木社からは『川は流れるよ』、研風館からは『君はいつもグレー』、これねこ舎からは『百十五ヵ月』を出した。

百地さんは偉くなり、水冷社の担当は今の十川《とがわ》風香《ふうか》さんに替わった。そうなって初めて出したのが、こないだの『三年兄妹』だ。

『百十五ヵ月』『三年兄妹』と家族小説が続いた。どちらも売れなかったが、評価は悪くなかった。横尾成吾はこの形が合っている、なんて意見もあった。おれ自身は、よくわからない。

ただ、どちらも好きは好き。

『百十五ヵ月』は、血のつながりのない家族の話。それは前から書きたかった。一歩進め、血のつながらない二人だけになってしまった家族、にした。

主人公は缶詰会社に勤める藪下初彦《やぶしたはつひこ》。四十を過ぎてから吉岡《よしおか》ちはると再婚した。ちはるの娘がちあきだ。三人は穏やかに暮らしてたが、ちはるが病にかかり、亡くなってしまう。

　その後、ちあきは結婚し、離婚する。そして再び初彦と暮らすようになる。初彦には、行きつけの焼鳥屋『鳥羽《とば》』を一人で切り盛りする鳥羽園子《そのこ》という気になる女性がいる。が、ちあきのこともあり、関係を深めづらくなる。

　地味な話であるせいか、これも売れなかった。初彦に近い年齢、五十代六十代の人たちは読んでくれたが、二十代三十代の人たちは読んでくれなかった。

　だから続く『三年兄妹』では主人公の年齢を下げた。だからということでもなく、実はたまたまなのだが、まあ、そんな流れにはなった。

　今度は親よりも子に焦点を当てた。血のつながりのない親子ではなく、血のつながりのない兄妹だ。同い歳の男女。連れ子同士。そこも一歩進めた。再婚した親同士を、また別れさせた。他人であった二人が親の都合で兄妹になり、また他人に戻るのだ。だが兄妹であった過去は残る。記憶として残る。その関係はおもしろいと思った。

　一週間早く生まれてたから兄になった渕上瞬《ふちがみしゅん》は私鉄の社員。今は駅員だ。快速が停まらない小さな駅に詰めてる。妹の夏目《なつめ》ゆず子《こ》はその私鉄沿線に住んでる。

　これも評価は悪くなかった。が、売れなかった。設定は派手だが話そのものは地味、ととられたらしい。それを言われたらもうしかたない。おれが書いたものではっきり派手と言えるのは『キノカ』だけなのだ。

おれはこれまで短編小説もいくつか書いてる。何せ、小品《しょうひん》好きなおれ。短編も好きなのだ。何なら短編のほうが長編より好きと言ってもいいくらい。

投稿暗黒時代は短編と長編を半々で書いてた。おれが投稿してたころは、短編を募集する新人賞もそこそこあったのだ。

今は少なくなってしまった。まず、短編集が激減した。需要がなくなったということだろう。短編とはいっても、たいてい連作短編だったりする。主人公が同じ、もしくは登場人物や舞台が同じ、という類だ。

おれも短編集は出せてない。デビューしてから、短編自体、何作かしか書いてない。人気作家ではないので、小説誌からの依頼もそんなには来ないのだ。連載したことは一度もない。小説水冷に読切の短編を載せてもらったことがあるだけ。

その三つはどれも変なものだ。『百十五ヵ月』や『三年兄妹』とはまったくちがう。『キノカ』ともちがう。だが試みとしてはおもしろかった。短編なら無茶をしてもいいか、という感じも少しはあるのだ。おれ自身に。

一つは『穴』。街にあいた穴に迷いこんでしまった男の話だ。

道路が陥没してできたような穴ではない。風景に溶けこんだ穴。チャリに乗った男が、何だろうと気まぐれに入っていく。坂道が延々と続き、男は延々と下る。そして地下迷宮を彷徨《さまよ》う。そこに理屈はない。自分でも意味がわからない。頭に浮かんだものをただ書いた。そうとしか言えない。そんなものをよく載せてくれたな、小説水冷。

二つめは『ボタン』。役所で自殺のボタンを押す男の話だ。これには筋がある。

事前に届を出しておき、当日、役所の別館を訪ねてボタンを押す。それだけで苦痛もなく死ねる。事後の処理もしてもらえる。自殺者が増え、飛び降りなどに巻きこまれて亡くなる人もあとを絶たないため、そんな制度ができた。という設定だ。末期も末期の制度だが、意外な効果も生む。指定日を決めておくだけで、気持ちが楽になるのだ。いざとなったらボタンを押せばいい、と考えることで。

三つめは『ピロゥ』。前の二作が重かったので、これはくだけたものにした。思いっきり遊んだ。四百字詰めで五十枚。それをカギカッコ付きの会話だけで通した。地の文は一つもなし。会話のみ。

三人以上だとわかりづらくなるので、登場人物は二人。タスクとカナデ。カレシとカノジョだ。タイトルの『ピロウ』は枕。つまり、ピロウ・トークのピロウ。ベッドで事を終えたあとの男女の会話。五十枚だから、読むのに三十分もかからない。実際の時間を想定した。実際のピロウ・トークはこのくらいだろうと。

始まりはこんなだ。

「あぁ。おれ、やっぱお前のおっぱい好きだわ。もしかしたら、お前と同じくらい好きかも」

「何でわたしとおっぱいを分けんのよ」

「だって、おっぱいはお前だけど、お前はおっぱいじゃないだろ？」

「何それ」

二十代半ば。三年付き合い、すでに結婚を意識してる二人。そこまでいろいろあった。別れそうにもなったが、とどまった。危機を乗り越えた。そして今。一つの枕に二人で頭を乗せて話してるうちに、それぞれ、相手への想いは強まる。

終わりはこんなだ。

「なあ。おれ、やっぱお前のおっぱいを独り占めしたいわ」

「独り占めはさせない」

「え？」

「わたしたちの子どもにはおっぱいを見せるから」

タスクがプロポーズし、カナデが受け入れたわけだ。

これは本当に書いてて楽しかった。正直、悪ノリで書きはじめた。掲載はないだろうと思ってた。何なら見せなくていいとも思ってた。そもそも、依頼を受けてすらいない。おれが勝手に書いたのだ。

だが、自身気に入ったので、小説水冷の万代砂衣《まんだいさい》さんに見せた。おもしろいから載せます、と即決したうえで、万代さんはこんな刺激的なことも言った。タスクとカナデのあの感じ、すごくわかりますよ。プロポーズは勢いも大事ですもんね。話せないから言わないだけで、ああいうプロポーズで結婚したカップル、結構多いと思いますよ。

実は、ボツになった『トーキン・ブルース』もこの『ピロウ』から始まってる。構想は前からあったが、きっかけはこれ。似たようなことを長編でもできないかと思ったのだ。

四百字詰めで四百枚の長編を会話だけで通すのはさすがに無理。だがこの会話の感じを地の文に落としこむことならできるかもしれない。やってみたい。

で、やってみて、ああなった。やはり短編にとどめておくべきだったのかもしれない。赤峰さんの見方が正しかったのかもしれない。

ただ。あの長編を水冷社の十川さんに渡してたらどうだったのか。

考えてもしかたないと思いつつ、ついついそんなことを考えてしまう。今からでも遅くないといえば遅くない。だが一度断られた原稿をよそに持ちこむのは失礼だろう。そう説明したうえで持ちこめば失礼ではないのかもしれないが。断られた原稿を押しつけられたととられてしまう可能性もある。

歩きながら、ふうっと息を吐く。いつの間にか、四葉教習所の前まで来てる。

「もういいや」と声に出して言ってみる。

その言葉で、遥《はる》か昔のことを思いだす。昔も昔。おれが人として始まったころのことだ。最古の記憶、かもしれない。

おれは幼稚園児だった。

今は三年保育どころか四年保育なんてものまであるらしいが、おれのころは二年が当たり前だった。年少と年長の二年だ。

たぶん、年少のときだと思う。すみれ組とか、そんなのにいたとき。女性が着るチュニックみたいな遊び着を着て、おれは園庭で遊んでた。マヨネーズ容器水鉄砲を撃ちまくってた。乱射してたと言ってもいい。みつば中央公園にいたガキのように人に向けてではない。漠然と、周囲に向けて。今思えば、結構パンクだ。

で、ある瞬間、ふと我に返った。乱射をやめて立ち止まった。立ち尽くした。周りを見た。みんな、楽しそうにしてた。走ったり、縄跳びをしたり、砂場で山をつくったり、先生とじゃれたり。

もういいや、とそこで思った。

おれはマヨネーズ容器水鉄砲を放り、走りだした。いや、ちがう。ただ歩きだした。そして幼稚園児にとっては決して低くもない柵を自力でどうにか乗り越えた。敷地外の道路に下り立ち、迷わずにとことこ歩いた。家に帰ろうとしたわけではなかったはずだ。家は近くなかったから。

四歳の若きおれは、確実にどこかへ向かってた。が、すぐに先生が追いかけてきた。出ていくところを見られてたのだ。そこは幼稚園の先生、きちんと目を配ってたらしい。名前まで覚えてる。泊静乃《とまりしずの》先生。当時は二十代前半だった。今はもう七十代だろう。

その泊先生に案外強い力で腕をつかまれ、案外強い目で見られた。ちょっと！　どこ行くの！

普段は優しい先生だけに、その強い力と強い目が印象に残った。何なのよ、とその目が言ってた。面倒を起こさないでよ。迷惑をかけないでよ。

おれは幼稚園児。どこ行くの、という質問には答えられなかった。自分でもわからないのだ。自分がどこへ行くのか。わかってたとしても、答えられなかっただろう。適切な言葉を見つけ、手短に説明する。そんなこと、幼稚園児にはできない。

お外に出ちゃダメでしょ！　みんなと遊ばなきゃダメでしょ！

お外に出ちゃダメなことは知ってた。みんなと遊ばなきゃダメなことも知ってた。幼稚園児でも、そのくらいのことは知ってる。

五十になった今、あらためて考えてみる。

おれは、たぶん、自分が幼稚園児の役をこなしてると感じた。おれは幼稚園児の役を与えられたから毎日幼稚園に行き、おうたをうたい、先生の言うことを聞き、先生の腿《もも》に顔を埋め、時にはマヨネーズ容器水鉄砲を乱射するのだ。そしてそのとき、人が社会から脱け出せるのかを試した。あっけなく捕まった。脱け出せない。そう結論した。

おれの人としての始まりはそこだ。最古の記憶として残ってるそこ。その小脱走《しょうだっそう》。

当時は脱け出せないと思ったはずだが。今はこう思ってる。

人に迷惑をかけるという部分に目をつぶれば、脱け出せるのかもな。人に好かれるとか人とうまくやっていくとか、そういう欲を捨てれば、脱け出すことはできるのかもな。

この小脱走の話も、いつかどこかで書こう。

それは、鳴かねえわ飛ばねえわの状態が続いてる今ではない。

今は、どうするか。

こないだ会った菜種くんの顔が頭に浮かぶ。

おれはボツを食らった身。編集者をそんなに待たせるわけにはいかない。腐ったのだととられてはいけない。

ふと思いだし、笑う。菜種くん。いきなりボクシングをやるって、何だよ。それで何かから脱け出せるとでも思ったのかよ。

「うぉ〜い」という声が聞こえる。すれちがったおじいさんが言ったのだ。

チャリに乗ったおじいさん。小柄で、薄手のニット帽をかぶってる。よく見かける人だ。いつもチャリに乗ってる。四葉に住んでるのだと思う。

歳はよくわからない。おじいさん、の域に入ると、人の歳は一気にわからなくなるのだ。七十代だとは思うが、八十代かもしれない。逆に六十代後半かもしれない。

実際、頻繁に見かける。四葉を歩いてると、二度に一度は見る。本当によくチャリで走りまわってるのだろう。おれが本当によく歩きまわってるように。

このおじいさんの特徴は、今のように声を出すことだ。うぉ〜い、のほかにも何か言う。ただ、聞きとれない。

おじいさん。害はない。危険はまったくない。だが小さな子を持つ母親なら、ちょっと怖いと感じるかもしれない。警戒はしてしまうかもしれない。

おれでさえ、少しは警戒する。いや、警戒するのでなく。見ないようにしてしまう。平日の午後に一人でウロついてるおっさんであるおれ自身、母親たちからすれば警戒対象かもしれないのに。

六月の井草菜種

「すき焼きなんてもう一生食えないと思ってたよ」と横尾さんが言い、

「いやいや、食べられますよ。食べましょうよ」と僕が言う。

「おれは自炊をしないから家では食えないし。まあ、自分で食いに行けばいいんだけど。でもすき焼きはなかなか行かないよね」

「いつもはどうしてるんですか？　食事」

「納豆にキムチ。それ頼み。その二つがあればご飯は食べられる」

「ご飯は、炊くんですか？」

「炊かない。パックのご飯。三個セットで二百円ぐらいのやつ。それを大量に買っとく」

「ご飯は、炊いて冷凍しておけばいいんじゃないですか？　そのほうが安上がりですよね？」

「そうなんだけど。それだと炊飯器を買わなきゃいけないじゃない」

「炊飯器も安いですよ。一万円以内で買えるんじゃないかな」

「でもワンルームだから、置いときたくないんだよね。部屋には最低限の物しか置きたくない。いつでも動けるようにしておきたいんだね。と言いつつ、実際に動きはしないんだけど。今のアパートは、それこそもう二十年いるし。ただ、いつでも動けるって感覚だけはほしい」

「それは、何となくわかります」

「菜種くんは実家が江東区なんだから、動こうとは思わないでしょ。クリニックもあるんだし」

「でも妹が継ぎますからね」

「同居はしないの？」

「しないですよ」

「しないか、妹と。お互い結婚もするだろうし。でもあれだ、出版社さんて、考えてみたら、いいよね。本社はたいてい東京にあって、大阪支社とかないもんね。だから異動もない。ずっと東京にいられる」

「作家さんも、それは同じじゃないですか。常にご自身がいらっしゃる場所で仕事ができるのはうらやましいですよ。原稿はネットで送れるから、大阪にいても沖縄にいてもいい。何なら海外にいたっていいですもんね」

「いやぁ。出版社の近くにいないと、やっぱ不便でしょ」

「でも国内なら担当者が会いに行くでしょうし」

「そうなの？」

「そうですよ。地方にお住まいの作家さんには会いに行きます。たまには直接会って打ち合わせをする必要もありますし。土日に出張したりしますよ」

「編集者さんの出張って、それか」

「それです。さすがに海外まで行くのは難しいですけどね。会社もその費用まで負担してはくれないだろうし。あ、横尾さん、次もビールでいいですか？」

「うん。お願いします」

手を挙げて女性の店員さんを呼び、グラスのビールを二つ頼む。

今いるここは銀座六丁目。店は地下にある。個室も備えているらしい。

定まりました、と横尾さんからメールが来たので、ではご飯行きましょう、と返した。何がいいですか？　とあらためて訊いたら、何でも、とまた言われたので、まずは和食にした。飛び道具にも近い和食、すき焼き。横尾さんは銀座が好きだと赤峰さんから聞いていたので、場所は銀座。銀座、すき焼き、で検索してこの店を見つけた。

九段下のカフェで初めて横尾さんと会ったあと、デビューから二作めの『ティムと野球と僕たちと』を読んだ。二作めというのは重要なのだ。その作家の本質がわりと素直に出る。僕はそう思っている。

横尾さんのデビュー作『脇家族』は、小説水冷新人賞受賞作。言い換えれば、まだ素人として書いた作品だ。でも二作めはちがう。受賞者として、もう素人ではないと自覚したうえで書く。編集者も、その段階であれこれ要望は出さない。そこは新人。ある程度は自由に書いてもらう。

『脇家族』は、そのもの家族の話だ。伏見《ふしみ》逸樹《いっき》、さえ子《こ》、幾斗《いくと》、清葉《きよは》、の四人家族。それぞれがそれぞれの居場所、職場や学校などで脇役に甘んじている家族の話。各々の一人称で、四話。連作短編だがトータルでは長編、というつくりになっている。

第四話の最後で、四人は個人でなく伏見家として、陽の当たる場所に出そうになる。が、自分たちの道徳観を優先させ、結局は出ない。そこがよかった。陽の当たる場所に出て終わらせるという選択肢もあったはずだ。個人では出られなかったが家族としては出られた。そのほうが終わり方としてはきれいだろう。横尾さんは出ないほうを選んだ。評価したい。

そして二作めの『ティムと野球と僕たちと』。これはまたちがう話だ。家族ではない。個人。主人公は、何と、出版社専属のライター。三十五歳にして行き詰まった、今津《いまづ》優《ゆう》司《じ》というスポーツライターだ。

かつて一緒に草野球をしていた少年ティムがプロ球団の助《すけ》っ人《と》外国人の息子であったことに気づき、優司は過去へと遡《さかのぼ》ることで未来への一歩を踏みだしていく。と、そんな話。

おもしろかったが、売れなかった。スポーツが絡む話の難しいところだ。そこに外国を絡めると、さらに難しくなる。

ほかのもので勝負していれば、横尾さんは波に乗れていたのかもしれない。波に乗る。言葉は軽い。が、重要なのだ、それは。

時流の波のようなものは確かにある。でも人為的につくれはしない。できてしまうのだ。波らしく、自然と。できたと見極めてサッと乗ればいいが、それもまた難しい。

その後も横尾さんは書きつづける。そして七作めの『キノカ』がついに映画化される。

横尾さんがこれまでに書いた唯一の完全エンタメ作。初めてファンタジー色を出した。天使の話なのだ。空にあいた穴から地上に落ちてくる天使。

天使キノカが、穴の前にいた遊覧飛行のヘリコプターの脚にぶら下がる。パイロットはどうにか着陸し、キノカをたすける。キノカは人間で言えば若い女性。パイロットは若い男性、岩倉洋馬《いわくらようま》。追ってきた天使たちや噂を聞きつけたテレビ局の者たちからキノカは逃げる。洋馬がそれをたすける。ドタバタ逃走劇がくり広げられる。もちろん、キノカと洋馬は恋に落ちる。

その洋馬の役を、人気俳優の鷲見翔平がやった。おかげで映画はヒットした。横尾さんの原作も売れた。

でもその類のものを、それ以降の横尾さんは書いていない。日常的なエンタメに戻り、何作か出した。『百十五ヵ月』に『三年兄妹』と、このところ家族小説が続いた。どれも売れてはいない。でも声はかかるのだから、各社、評価してはいるはずだ。それはカジカワも同じ。

「肉、うめ〜」と目の前の横尾さんが言う。「いや、ほんとさ、最近、肉を食うことがないのよ」

「ベジタリアン、ではないですよね？」

「ないない。たまたま食わないだけ。弁当の類を買わなくなったから、食う機会がないんだよね。弁当は割高だし、揚げものとかも多いんで、もういいかと思ってさ。そしたらまったく食わなくなった。調理された一人用の肉って、意外とないんだよ。だからたまに食うとマジでうまい。今もそう。これ、ムチャクチャうまいよ。高い肉を食った人がよく言うじゃない。口のなかで溶けるとか。溶けちゃダメだろ、と思ってたんだよね。食う意味ないじゃんて。でもわかったよ。こういうことなんだね。食う意味あるわ。うまいわ。溶ける肉と書いて、『溶肉《ようにく》』。どう？　純文のタイトルっぽくない？」

「純文というよりはホラーっぽいような」

「あぁ、そっちか。じゃあ、カジカワホラーっぽいような」

「考えます。でもその前に。横尾さん、ホラー書きます？」

「書かない。というか、書けない。書けるとしたら、チャリンコ泥棒のガキどもに追いかけられて怖《こえ》ぇ〜って話ぐらいかな」

「何ですか、それ」

「いや、こっちの話。とにかくうまいわ、この肉。豆腐もうまいから、すき焼きそのものがうまいってことなのかな」

「いつも野菜は食べてます？」

「食べてるよ。トマトとか胡瓜とか、そのまま食えるものが多いかな。そのまま食えて、生ごみが出ないやつね。トマトとか胡瓜とか、生ごみはゴキを呼んじゃうから。トマトはヘタの部分が残るけど、そのくらいはしかたない。胡瓜は、実は水分ばっかりで栄養はそんなにないんだってね。だからカットキャベツも買うようにしてるよ。初めから千切りにされてるやつ」

「あれは僕もたまに買いますよ。便利ですよね」

横尾さんはすき焼きの肉をもう一切れ食べ、ビールを飲む。

「うめ〜」とまたつぶやき、言う。「さて。酔いがまわらないうちに言っとかないと。新作の話」

「あぁ。はい」

僕もビールを飲み、グラスをコースターに置く。すでに箸置《はしお》きに置いていた箸の位置も整える。

「前置はなし。菜種くんのことを書かせてくれないかな」

「はい？」

「菜種くん自身のことを」

「僕、ですか？」

「うん」と言って、横尾さんはまたビールを飲む。

僕もそうする。横尾さん、ヤケを起こしたのか？　と思う。作品をボツにされて、どうでもよくなったのか？

「こないだ会ったときからずっと考えたんだ。どうしよう、何を書こうって。もちろんね、慎重にはなったよ。もう失敗はできない。そこで何ができるのか。大したことはできないよ。自分が持ってる以上のものは出せない。おれに時代小説は書けないし、ホラー小説も書けない。でもできる範囲で目線を変えてみようと思ったんだよね。と、まあ、前置はなしと言いつつ、ムチャクチャ長い前置をしたけども。とにかくさ、一度自分から離れてみることにしたんだ」

「それで僕、ですか」

「そう。客観的に書いてみようと思った。客観的に、一人称で。そこはそれでいいような気がするんだよね。一人称とか三人称とかって、こっちは意識するけど、読者の人たちは案外意識しないから」

「でも。僕でおもしろいですかね」

「充分おもしろいよ。ボクシングの始め方もいい。やめ方もいい。やめて会社員になる。かなりいい会社に入っちゃう。今っぽい感じがするよ」

「今っぽい、ですか？」

「うん。ボクシングを特別視してないというか、数あるコンテンツのなかの一つとしか見てないというか。菜種くん自身は感じないだろうけど、明らかに、おれの世代の人たちのアプローチの仕方ではないんだよね。そこがおもしろいと思った。書きたいなと思ったよ」

「そう、ですか」

考える。『ティムと野球と僕たちと』同様、スポーツが絡む。しかも格闘技。女性読者はつかみづらい。でも。横尾さんが言うような書き方なら、悪くはないかもしれない。いい意味で、期待を裏切れるかもしれない。

横尾さんがすき焼きの肉を食べる。

「あ、また溶けた」何故かナレーション口調で言う。「こんなに溶けて、果たして腹いっぱいにはなるのか」そしてビールを飲む。「実はね、結構あこがれがあるのよ」

「ボクサーにですか？」

「いや、会社員に。おれも大学を出て会社に入ってるんだけど、二年でやめてるんだよね」

「何の会社ですか？」

「小売り。今はデカくなっちゃったけど、おれが入ったころはそうでもなかった。まだ新しい会社だったよ。だからおれでも入れたわけ。ものを書こうって気持ちがあったから、長くは続かないだろうと思ってたの。実際、続かなかった。入社後の研修を受けながら就業規則の退職のページを読んでたからね」

「早いですね」

「ほんと、ロクでもない社員だよ。バブル末期。学生にとっていい時期だったから、おれでもすんなり入社できたんだね。大して就職活動もしてないのに。で、結局やめた。会社は無理なんだとわかったよ。何かさ、そこの一員になれてる気がしないんだよね。仕事もできなかったし。おれ、役に立ってね〜、と毎日思ってたよ」

「そのころはまだ書いてなかったんですか？」

「書いてなかった。いずれ書こうと思ってただけ。それは小学生のころから思ってたよ。書けるとか書けないとか、そういうことは考えない。いずれ書くんだろうなぁ、とだけ思ってた。偉そうだよね。で、高校生のころに一度書こうとしたんだけど。すぐに断念した」

「どうしてですか？」

「今は無理だとわかったんだね。感覚的に。今書きだしてもロクなものにならないって。で、大学生のころもまだそんなで、とりあえず就職して、仕事もダメ。もう書ける書けないじゃなく、いい加減、始めなきゃヤバいなと」

「で、始めたんですか」

「そう。会社をやめて、次の日に秋葉原《あきはばら》の電気街にワープロを買いに行った。あのころはまだワープロだよ。パソコンじゃなく。それで強制スタート。暗黒時代が始まる。投稿暗黒時代」

「あぁ」

「こうやって書かせてもらうようになってさ、たまに考えるんだよね。おれはいろんなことを普通にやれなかったんだなって」

「でも作家さんになれてるじゃないですか」

「それはほんとに運がよかった。感謝するしかないよ。ただ、一方では、こんなふうにしかなれなかったって意識もあるんだよね。人が当たり前にこなすことをこなせなかったというか、人として当たり前に育てなかったというか。例えばさ、たまに出版社さんに行かせてもらうことがあるじゃない。編集部とか」

「はい」

「そうすると、広いスペースに、こう、席が並んでるでしょ？　それぞれの机にパソコンがあって。いろんな資料が載ってて。人がいたりいなかったりして。おれは入口に立ってそんな光景を見てるわけ。で、思うのよ。あぁ、おれはこの場所に机を確保できなかったんだなぁって。何かうらやましくなっちゃうんだよね。やるべきことをやって、社会に用意された席を自分の力で勝ちとった人たちのことが。で、ちゃんとそっち側にいる人を書いてみたくなった」

「それは、横尾さんが本当に書きたいものですか？」

「書きたいものだね」と横尾さんは即答する。

「それは」今度は少し間を置いて言う。「『トーキン・ブルース』よりおもしろいものですか？」

「おもしろいものにするよ。だからその手伝いをしてよ」

「手伝いを」

「うん。もっと話を聞かせてほしい」

「じゃあ、横尾さん」ここでは間を置かずに言う。「二月刊でいきましょう」

「え？」

「他社さんの刊行月はまだ決まってないんですよね？」

「うん」

「だったら、ウチを二月でお願いします」

「今、えーと、六月だよね。早くない？」

「早いです。でもやりましょう。急いでやっちゃうんじゃなく、集中していきましょう」

　今六月。確かに早い。普通、一作を仕上げるのに一年はかかる。が。北里さんにも言われていた。横尾さん、いけるなら二月でいいぞ、と。

いけるかどうかの判断は、今日、話を聞いて下そうと思っていた。そして、聞いた。

絶対にだいじょうぶとは言えないが、横尾さんの即答で決めた。あとは、おもしろいものにするよ、という言葉で。作家は意外とそれを言わない。書く前に言いたくないのだと思う。自分の首を絞めることにもなるから。でも横尾さんは言った。乗ってみよう。

「二月か」

「二月です。どうですか？」

「そこまで早いのは初めてだけど。まあ、おもしろいかもしれない。おれも、そんなには空けたくないしね」

「では、ぜひ」

「やって、みますか」

　ということで。やることになった。

　その週は出張の予定もなかったので、土日をきちんと休みにできた。

　基本、休みは土日だが、作家に会うための出張はどうしてもそこに入れざるを得ない。先方がよければ平日にしてもいい。でもそうすると、僕自身の仕事がまわらなくなるのだ。

　それは広告代理店に勤める彩音も似たようなもの。二週続けて土日は休める、ということはまずない。でも今週は彩音も僕も休めるので、日曜日にカフェデートをした。月に一度は必ずそうしようと決めているのだ。

　一緒に住んでてもそういうのは必要だと思うのよね。一緒に住むのと一緒に出かけるのはまたちがうし。二人で部屋にいるだけじゃダメ。二人で外の空気を吸うことも大事。

　彩音がそう提案し、僕が同意した。

　今回は銀座にした。横尾さんとも来た銀座。彩音がそれを望んだ。会社に近いけどいいの？　そう尋ねると、こう答えた。銀座は特別でしょ。銀座に来たからって会社の近くに来たとは思わない。

カフェというよりはレストランに近いスイーツの有名店に行った。彩音が予約しておいたのだ。

パフェが二千円。笑うしかなかった。が、せっかくなので頼んだ。クリームからシャーベットからいろいろ凝っているようで、どこをとっても贅沢な感じがした。このシャーベット、口のなかで溶けるよ、と横尾さんが言い、シャーベットなんだから溶けますよ、と僕が言う。そんな場面を想像した。

「あぁ。やっぱりおいしいね」と彩音が言い、

「うん」と僕が言う。

「優しい味とか品のある味とか、人が言ってるのを聞くと何それって思うけど、確かにそう言いたくなる」

「うん」

「今はコンビニのスイーツだって充分おいしいけど、たまにはこういうのを食べなきゃダメだよね」

「うん」

「うんばっかり」と彩音が笑う。

「だって、ほら、そのとおりだから」

「こういうのを知ってる人と知らない人では、たぶん、ものの感じ方がちがうよね」

「うん」と言ったあとに続ける。「そうかも」

「って、平瀬《ひらせ》さんがよく言うのよ」

「あぁ。そうなんだ」

平瀬さん。平瀬隆太《りゅうた》さん。下の名前まで知っている。彩音の先輩だ。会社の先輩というだけでなく、大学の先輩でもある。彩音が会社に入り、初めて配属された部署で知り合った。

平瀬さんは二歳上。いろいろ教えてくれたという。どこか体育会気質の印象もある広告代理店だが、彩音によれば、平瀬さんは真逆らしい。ソフト。でも芯《しん》は強い。今はもうちがう部署にいるが、彩音はよく仕事の相談をしているようだ。こうして僕にも平瀬さんの話をよくする。できる人、のイメージが僕のなかで完全に固まっている。

彩音と僕自身は、合コンで知り合った。

広告代理店と出版社の合コン、というわけではない。大学時代の友人宮越源《みやこしげん》が開いた合コンに僕も呼ばれた。そこに、四人の女性のうちの一人として彩音も来ていたのだ。どう考えても、僕は人数合わせで呼ばれていた。昨日の今日。急遽呼ばれたのだ。よく行ったな、と自分でも思う。

でもそのかまえずに参加できた感じがよかったのかもしれない。それまで合コンの経験はほとんどなかったが、すんなり入っていけた。人数合わせ要員として楽しめればいい。と、その程度。カノジョをつくろうとか、ワンチャン狙おうとか、そんな気持ちはまるでなかった。

集まったのは八人。そのなかで出版社の人間は僕一人だった。だからなのか、彩音は僕に興味を持った。そして自分が読んだ本の話をした。純文よりもエンタメ寄りだったので、僕も話はしやすかった。

編集者として誰を担当しているか訊かれたので、何人か教えた。まあ、そのくらいは問題ない。彩音は一人も知らなかった。僕が担当した本を読んだこともなかった。そんなものだ。僕はヒット作を手がけたこともないのだし。

そこそこ本を読む人でも知らない作家はたくさんいる。逆に言うと、本を読まない人にまで名前を知られている作家は本当に一握りだ。十人とか二十人とか、そのぐらいかもしれない。まさに本物のスターたち。

井草くんがつくった本、今度読んでみるね、と彩音は言ってくれた。実際に読み、おもしろかった、と言ってくれた。おもしろいのは作家さんの力だよ、と返した。でも一人では形にならないからね、と彩音は言った。それは広告も同じだからよくわかる。

そんな流れで、僕らは連絡をとり合うようになり、飲みに行くようになり、付き合うようになった。同棲《どうせい》するまでになった。

同棲は、なし崩し的に始まった。

彩音の実家は横浜《よこはま》市磯子《いそご》区の根岸《ねぎし》にある。彩音は大学へも会社へもそこから通っていた。仕事もどうにか落ちついたので、そろそろ一人暮らしをしようと思っていた。

だったら、と僕も思ってしまった。僕のアパートは1LDK。二人でも住める。一緒に住もう、とまでは言わなかったが、何なら住めるよ、くらいのことは言った。それべスト、と彩音は言い、翌週にはもうアパートに転がりこんできた。門前仲町から彩音の会社までは大江戸線一本で行ける。四駅、八分。僕よりも近い。まさにベスト。

ただ、僕は実家も江東区。アパートからも近い。だいじょうぶかな、と思った。同棲したからといって、父や母にどうこう言われることは、たぶん、ない。自分から言うべきかで少し迷った。言わないことにした。知られたら知られたでいい。わざわざ言いはしない。という感じ。

近さを理由に母がアパートに来たりすることもないので、今もバレてはいない。妹の梓菜《あずな》は知っているのだが、母に言ってはいないらしい。僕も隠すつもりはない。きっかけがあれば紹介してもいいと思っている。大手広告代理店の社員。紹介されたら父も母も喜ぶだろう。紹介してほしい、と彩音が言ってきたときが紹介するときかな。そうも思っている。

彩音がおいしそうにパフェを食べる。

もちろん、その前に写真を撮り、インスタに上げた。仕事は仕事で忙しいはずだが、彩音はそういうこともきちんとやる。時間をできる限り有効につかう。いつも感心する。立ち止まるのがいやな人なのだ。

「そういえば、あれ読んだ」と彩音が言う。「小柳大《こやなぎだい》の『グッド・バッド・マン』。おもしろかったから、続編の『ドッグ・キャット・マン』まで一気に読んじゃった」

「あぁ、そう。本、部屋にあったっけ」

「平瀬さんに借りた。もう読んで返しちゃった。読みたかった？」

「いや。『グッド・バッド・マン』は僕も読んだし」

「おもしろいよね」

「うん。『ドッグ』のほうもおもしろかった？」

「おもしろかった。出だしは続編て感じでもないんだけど、微妙につながってるの。で、途中から『グッド』の人たちがじゃんじゃん出てくる」

「へぇ。今度読んでみるよ」

小柳大さんは人気作家だ。スターの一人。今、三十八歳。その世代では一番かもしれない。ミステリーはミステリーだが、その枠に収まらない。どこにでもはみ出していく。ＳＦにも寄るし、政治経済にも寄る。それでいて学園ものにも寄るし、恋愛ものにも寄る。

「すごいよね、あの人。女子高生がバイト先の店長と一緒に徳川埋蔵金を探しに行ったら代わりに温泉を掘り当てちゃうとか。そんなこと、普通、考えないよ」

「そこまででまだ小説の三分の一ぐらいだもんね。そのあとロシアとか行っちゃうし」

「で、宇都宮《うつのみや》に戻るのね」

「そう。餃子《ギョーザ》屋を開いちゃう」

「で、その店がつぶれちゃう。で、休学してた高校に戻って大学に進学。って、何それ。その話がおもしろいって、何？」

「グッド・バッド・マン自身は主役でも何でもないもんね。実在の人物かもはっきりしないし」

「菜種の会社からも、本、出してるんだよね？　小柳大」

「うん。八月にも出るよ」

「そうなの？」

「そう。次作はウチから」

タイトルもこないだ聞いた。まだ彩音には言えないが。『山本《やまもと》ジョン一郎《いちろう》の冒険』だ。純一郎《じゅんいちろう》、の発音で、ジョン一郎。

担当は僕より五歳上の二瓶照久《にへいてるひさ》さん。ウチのエース。といっても、編集者それぞれ得意分野はあるから、エンタメのエース。ヒット作をいくつも出している。で、小柳大さんだから、それもまちがいなく売れるはずだ。

「そのサイン本とか、もらえない？」

「担当じゃないから、ちょっと難しいかな。担当者は知ってるけど、そんなこと頼んだら迷惑かけちゃうし」

「そっか。そうだよね」

『山本ジョン一郎の冒険』のサイン本は、たぶん、大量につくる。だから二瓶さんに頼めないことはない。ないが、頼みづらい。サイン本は読者と書店のためにつくるものなのだ。同僚の編集者が、自分のカノジョのためにサイン。頼めない。

そこで言ってみる。

「横尾さんのならもらえるよ」

「誰？」

「横尾成吾」

「知らない」

「名前を聞いたこと、ない？」

「と思う」

「一つ映画にもなってるよ。何年か前にあった『キノカ』。覚えてない？　天使が天から落ちてくるやつ」

「あぁ。鷲見翔平が出たやつ？」

「それ」

「原作がその人なんだ？」

「そう」

「でも知らない」

こんなものだ。映画になってそれが売れても、原作者の名前までは知られない。原作本を買った人でさえ、横尾さんの名前を記憶してはいないかもしれない。

「菜種、その人の担当なの？」

「うん。こないだそうなった」

「何歳ぐらいの人？」

「五十かな」

「映画にもなったってことは、売れてるの？」

「正直、売れてはいない」

「そうなんだ。五十で売れてないって、キツいね」

「まあ、作家はそれが普通みたいなとこもあるから。売れてる作家自体、少ないわけだし」

彩音はストレートな質問をしてくる。

「売れそう？」

「それはわからないよ。そういうのは、ほんとにわからない」

「売れてる人を、小柳大みたいな人を、菜種は担当したことある？」

「そこまでの大物はないな」

実はないことはない。編集者になりたてのころに、三須《みす》邦篤《くにあつ》さんを担当した。大御所だ。でもそのことにはあまり触れたくない。

「そもそも担当って、どうやって決まるの？」

「いろいろだよ。ウチで書いてほしいなっていう人には自分で声をかけて、書いてくれるならそのまま担当になるし」

「好きに声かけていいの？」

「一応、事前に編集長に相談はするけどね。よほどの事情がない限り、ダメってことはないよ」

「よほどの事情って？」

「ウチの会社とその作家さんが過去にトラブったとか」

「あぁ」

「今は手一杯だからって断られることもあるけどね。それこそ小柳さんみたいに忙しい作家さんだと」

「菜種は今、何人を担当してるの？」

「三十人ぐらいか」

「多いね」

「でも全員の企画が動いてるわけじゃないから」

「年齢と性別の割合は？」

「歳上が九割で男性が七割、かな」

「上ばっかりだ」

「そうなるよね。僕らより若い作家さんて、そんなにはいないから」

「菜種がやりやすいのはどのタイプ？」

「うーん。歳上の、男性、かなぁ。人によるけどね。女性だからやりにくいってこともないし。ただ、気はつかうよね。話題とかでも」

「わたしもそうかも」

「ん？」

「わたしが編集者だとしても、歳上の男性、が一番かも」

「女性じゃなくて？」

「うん。女同士だと、それはそれでいろいろありそうだし」

「そうはならないと思うよ。編集者と作家で、立場ははっきりしてるから」

「作家のほうが上ってこと？」

「やる仕事がちがうってこと。作家は書いて、編集者は読む」

「でも作品について意見がぶつかることもあるでしょ？」

「それはあるね」

「そうなったらどうするの？」

「一番いいやり方を探るかな。作品をよくするっていう目的はどちらも同じだから」

「編集者が異動になることも、あるよね？」

「ある。それで新しい作家さんの担当になることも多いよ。さっきの横尾さんのパターン。異動になった編集者のあとを引き継ぐっていう形」

「誰が引き継ぐかは、誰が決めるの？」

「編集長だね。ちょうどそういうことになって、この作家さんは自分が担当したいと思えば、手を挙げるのはありかもしれないけど」

「じゃあ、菜種は、売れてない人をまわされたわけだ」

「そういうことでもないよ」

「ほんとに、ない？」

「そう言われるとあれだけど」

「小柳大の担当者が異動になったら、菜種、手を挙げなよ」

「異動にはならないよ。小柳さんは大物だし。うまくいってるうちは担当を替える意味がないと上も判断するだろうから」

「何年で異動するっていう決まりはないんだ？」

「ないね。長く編集って人もたくさんいる。でも、だから異動しないかっていうと、そんなこともない。動くときはあっさり動く」

彩音がパフェを食べる。次いで、一緒に頼んだ有機スパイスティーなるものを飲む。僕を見る。言う。

「菜種はさ、もっとガツガツしてもいいんじゃない？」

「ん？」

「仕事で」

「あぁ」

「ヒットとか狙いにいきなよ。その横尾さんを売れさせなよ。そうすれば、菜種の手柄になるじゃない。前の人はダメだったわけだから」

「いや、ダメってことはないよ。ヒットはあくまでも結果だし」

「そういうことを言ってるうちはダメだと思うよ。本気で狙いにいってはいないってことでしょ」

ズバッとこられ、うぐっとなる。

当たっている、と思う。でも。釈然とはしない。

「横尾さんは、今のままでいいと思っちゃうような人？　作品を出せてるからいいと思っちゃってるような人？」

「えーと、どうだろう。そこまではまだ」

「作家を働かせるのが菜種の仕事なんだよね？」

「そう、だね」

「だったら働かせなよ。横尾さんに売れるものを書いてもらって、ドーンとヒット作を出しなよ。それで、代理店と出版社、一緒に仕事をしようよ。何かやれそうじゃない。そうやって、いろいろ広げていこうよ」

「まあ、うん」

「まあ、はいらない。うん、だけでいい」

「うん」

彩音は確かに僕にはないものを持っている。常に前を見る。前だけではなく、上も見る。

上。もしそこから天使キノカが落ちてきたら、彩音はどうするだろう。

鷲見翔平が演じた岩倉洋馬のように匿《かくま》うだろうか。たすけるだろうか。

どちらかといえば、彩音は追う側。テレビ局の者たちのように、キノカで一儲《ひともう》けを企《たくら》む側。

そんな気がしてしまう。初めて彩音の前向きさをマイナスにとらえてしまう。自分のカノジョなのに。

翌月曜は走った。

東京は便利だが、走るには不便。走りやすい場所というのは本当に少ない。信号に邪魔されずに走れるのは公園と河川敷ぐらいかもしれない。

ボクシングをやっていたころ、僕は毎日ロードワークをしていた。ロードワーク。走りこみだ。ボクサーは全員これをやる。十キロぐらいは走る。ただ走るだけでなく、スピードを変化させる。ダッシュとジョグをくり返し、心肺機能の向上とともに脚力の強化も図る。

僕はもうボクサーではない。かつてはボクサーだったが、プロボクサーになったことはない。テストには落ちたから。

プロテストには六割が受かる。そこにはカラクリがある。ジム側が、この選手なら受かると判断した者しか受けさせないのだ。だから、プロテストに受かるのは簡単とは言えない。受かればプロを名乗れるテストが簡単であるはずがない。

僕は落ちた。ショックだった。僕が強く望んだので、ジムの外崎《とざき》牧男《まきお》会長も受けさせてくれた。受けさせてくれたのだから受かるのだろう、と思っていた。甘かった。四割のほうに入ってしまった。もしかすると、医学部に落ちたときよりショックだったかもしれない。自分の意思で受けて、落ちたから。

医学部も、両親に受けさせられたわけではない。自分の意思で受けてはいた。が、実家がクリニックでなければ受けてはいなかっただろう。当然医学部を受けるものと思って育つこと自体がなかっただろう。でも僕は医師の息子として生まれ、しかも長男として生まれ、そんなふうに育った。

両親のためにも言うと。強制された覚えはない。ただただそれが当たり前だった。大きくなったら僕もお医者さんになる、みたいなことを幼い僕も言ったと思う。何度も言ったと思う。クリニックで患者さんと接するときの父はカッコよかったから。尊敬してはいたから。

大学時代にボクシングを始めた僕は、毎日のロードワークを自分に課した。

初めは永代《えいたい》通りを走って荒川《あらかわ》の河川敷まで行っていた。でもそこまでで四キロ近くあり、途中の信号で足止めを食うことも多かったので、コースを変更した。東西線木場駅の手前を左に曲がり、木場公園に行くことにしたのだ。その広い木場公園のなかを走る。

間の都道に架かる橋を渡り、東京都現代美術館の側も走る。

自分には無理だと悟ってボクシングをやめたあとも、このロードワークの習慣だけは残った。というよりは、残した。

だから今もこうして走っている。毎日とはいかない。横尾さんと同じで、雨の日はなしにする。でも週に二回は走る。そうするのは主に休日だが、会社がフレックスタイム制なので、今日のように走ってから出勤することもある。

走るときは十キロ走る。もうそこまで脚力を強化する必要はないので、ダッシュはしない。ジョグのみ。心肺機能だけを高める。

同じように木場公園を走っている人はたくさんいる。土日が多いが、平日もいる。その時間に行けばいつも見かける、という人もいる。長い距離を走る人はここに集まるのだ。走れる場所は少ないから。

十キロのロードワークを終えると、アパートに戻ってシャワーを浴び、出勤した。

席に着き、まずは九月刊の初校ゲラを読んだ。その後出かけ、再来月刊の装丁のことでデザイナーさんと打ち合わせ。そして会社に戻り、ゲラにも戻った。校閲者さんからの指摘とは別にどうしても気になる箇所があったので、自らゲラに書きこんだ。

午後五時。メールの返信などをササッとすませ、会社を出た。

有楽町線で、飯田橋から銀座一丁目へ。

予約は午後六時だが、五時五十分に店に着けた。五分後に横尾さんも到着。

どうも、と互いに言う。

横尾さんはグレーのTシャツを着ている。丸首ではなく、V首。同じのを何枚も持っているという。それしか持っていないという。

横尾さんは研風館から『君はいつもグレー』という作品を出している。カノジョをどうしても信用しきれないカレシの話だ。何かといえば、浮気をしているのではないかと疑ってしまう。カレシから見れば、カノジョはいつもグレーゾーンにいる。その意味でのグレー。

実はこれ、横尾さんのTシャツからきているのだそうだ。おれはいつもグレー。転じて、君はいつもグレー。ふと思いついたそのタイトルが気に入ったので、あとから話をつくったらしい。

「いやぁ。ほぼ未経験のフレンチ。ムチャクチャ楽しみにしてたよ」と横尾さんが言う。

先週はすき焼きだったので、今週はフレンチにした。といっても、横尾さん仕様。カジュアルなフレンチの店だ。場所は銀座三丁目。中央通りと昭和通りの間。中心からは少し外れた辺りだ。横尾さんは五丁目から八丁目の派手ゾーンより一丁目から四丁目のどちらかといえば地味ゾーンが好きらしいので、ここにした。

「料理はコースでお願いしてあります。あとは飲みものを。ビールにしますか?」

「何でも」

「じゃあ、ワインにしましょうか」

「うん」

まずは白を頼み、ワイングラスに注がれたそれで乾杯した。

「適当にメモをとらせてもらうからさ」と横尾さんが言い、

「はい」と僕が言う。

「ではお願いします」

「こちらこそ」

作家が取材をしたいと言えば、相手に申し込む。それも僕ら編集者の仕事だ。相手が個人でも会社でもそれは同じ。その相手方と日程を調整する。当日は同行もする。必要なら写真を撮ったりメモをとったりと、記録もする。が、自分が取材されるのは初めてだ。変な緊張感がある。

大方のところはすき焼きの店で話したから、今回は細部の補足。横尾さん自身に、訊きたいことを訊いてもらう。

「じゃあ、まずはこれね。菜種」

「はい？」

「名前」

「あぁ」

菜種。普通、菜の字を男の子の名前にはつかわない。これまで僕も、菜がつく名前の男性と会ったことはない。僕自身がよくそう言われる。菜がつく名前の男性と初めて会ったよ、と。だから、まあ、覚えてはもらえる。横尾さんも北里編集長もそうするように、社会人なのに下の名前で呼ばれたりもする。

名づけたのは父。初めは本気ではなかったらしい。こんな名前だったらおもしろいな、という程度。意外にも母が賛成し、それで流れが変わった。母はナタネという音が気に入ったらしいのだ。

三年後に生まれた妹は、梓菜。こちらは許容範囲。そんなにはいないが、普通といえば普通。女子に菜はちっともおかしくない。兄妹でそろえた形にはなったが。兄が妹に合わせたようにも見える。

「菜種と梓菜か。いいね」

「梓菜はいいですけど。菜種はどうでしょう」

それからも、料理を食べ、ワインを飲みながら、訊かれたことに答えた。

横尾さんは幼いころのことから訊いてきた。流れが見えたので、途中からは僕が自ら話すようにもなった。

父の息子だからなのか何なのか、学校の成績はよかった。要するに環境がよかったのだと思う。勉強に向き合える環境がきちんと用意されていたのだ。子どもにはやはりそれが大きい。

中学も高校も私立に行った。中高一貫校。高校の受験はなかった。小六の次の受験は高三だった。

自分で言うのも何だが、中高の六年間、成績は悪くなかった。ほぼ常に、ただでさえいいと言われる学校の上位にいた。勉強はしたが、そこまでがんばったという感じはない。勉強をしなければ順位は下がるが、そこそこしていれば下がらない。そんなものだと思っていた。

さらに自分で言うのも何だが、スポーツもある程度できた。陸上部では八百メートル競走をやった。一番キツいと言われる種目だ。短距離でも長距離でもない。中距離。短距離のスピードも必要だし、長距離の持久力も必要。

実際、キツい。走ってみればわかる。八百メートル競走をやっていた刑事なら、ドラマで犯人を取り逃がすことはないだろう。短距離走をやっていた犯人と、長距離走をやっていた犯人。どちらも取り押さえられると思う。

その八百メートル競走で、結構いいところまで行った。都大会でも上位に入った。が、よかったのはそこまで。

医師の息子なのに医学部の受験は全滅した。偏差値が低めの医学部もあるにはあるが、それらは初めから受けなかった。選んだどこかには受かると思っていたのだ。

それが予想外の全滅。記念受験にと受けた文学部にだけ受かった。医学部には落ちた大学、その文学部。

ひどく迷った。常識的には、浪人して医学部を目指すべきだ。でも浪人するのはいやだった。文学部へ気持ちが傾いてもいた。その文学部でさえ、来年また受かるかはわからないのだ。

そんなときに、妹が言った。同じく中高一貫校で高校に上がるのを控えた梓菜だ。

わたし医者になる。

なりたい、ではない。なる。お兄ちゃんの代わりに医者になる、という意味に僕はとった。父と母もそうとったろう。梓菜は、できた妹にして、できた娘なのだ。

でも長男の菜種が、というようなことを父は言わなかった。菜種はどうしたい？　と僕に尋ねた。

文学部に行きたい、ではなく。浪人はしたくない、と答えた。そんなことは無理だとわかっていたが、こうも言った。とりあえず文学部に行って、来年また医学部を受けることもできるだろうし。

そして僕は大学の文学部に進んだ。入学後数週間で、医学部受験のことは頭から消えていた。

「じゃあ、受験勉強はもうしなかったんだ？」と横尾さんに訊かれ、

「しませんでした」と答える。

「できないか」

「できないです。文学部は文学部で、一応、勉強しなきゃいけないし。それでまた医学部を受けるとなると、文学部でやったことはまったく無駄になりますからね。もちろん、初めからわかってはいたんですけど、いざ始まってみると、やっぱりそれもなぁって思

うようになりました。もう、完全に妹頼みでしたよ。実を言うと、僕、妹の受験前に一人で亀戸《かめいど》天神に行きましたからね」

「合格祈願だ」

「はい」

「で、妹さんは見事合格」

「ありがたいことに」

「今、研修医だっけ」

「専攻医、ですね」

「どうちがうの？」

「研修医の二年を終えて、専攻医です。後期研修医が専攻医ですね。今の僕の歳ぐらいでやっと独り立ちですよ」

「やっとクリニックを継げるわけだ」

「はい」

「三十でか。それまでずっと勉強。長いね」

「長いですね」

「それだけのことをしてきた人たちが一度の医療ミスで叩《たた》かれちゃうのも、キツいね」

「それが医療なんでしょうね。そうならないように鍛えるんでしょうし」

白ワインの次は赤ワインを頼み、話を続ける。

医学部の受験で全滅。それが最初の挫折《ざせつ》、と言えるかもしれない。その挫折をさらにひどいものにしないため、僕は文学部に進んだ。逃げたといえば逃げた。浪人すれば医学部に受かる、という自信もなかったわけだ。でも逃げたら逃げたで鬱屈《うっくつ》は残った。何かで挽回《ばんかい》しなければ、と思った。父や母に対してではない。自分に対してだ。

大学でも陸上をやる気にはならなかった。残念ながら、そちらでの限界も見えていた。自分の限界を自分で決めるべきではない。というのは聞こえがいいが、見えてしまう限界もある。その言葉は成功者が口にするから説得力を持つのだ。

大学一年の四月。ゴールデンウィーク前だったと思う。ちょうど医学部受験のことが頭から消えたころだ。

文学部の友人宮越源と新名《にいな》開作《かいさく》との三人で、授業終わりにゲームセンターに行った。そこで対戦型の格闘ゲームをやったり、レースのゲームをやったりした。そしてパンチングマシンに向かった。高校のときよりどれだけパンチが強くなってるか確かめたい、と源が言ったのだ。

高校時代に野球をやっていた源は、体格もよく、パンチも強そうだった。開作は、高校時代は文芸部員。でも小学校時代に剣道をやっていたという。

三人で試してみた。それぞれに利き手でパンチを打った。予想外の数値が出た。出したのは僕。開作の倍、源の一・五倍ぐらいの数値が表示された。マジかよ、と源が驚き、もう一回、と言った。

で、もう一回。僕の数値だけがさらに上がった。すげえな、菜種、と源が言った。高校は陸上部だよな？　種目は八百メートルだよな？　やり投げとかハンマー投げとかじゃないよな？

自分でも驚いた。源と何がちがうのかよくわからなかった。打ち方がいいのかも、と開作が言った。打ち方というか、当て方か。狙ったとこに当てられるんでしょ。効率よく力が伝わるんじゃないかな。

その後、日を変えて再度試してみた。一人でゲームセンターに行き、前回と同じマシンにパンチを打ってみた。前回とほぼ同じ数値が出た。二度めはまた上がった。上げようと意識した三度めはさらに上がった。

もしかして、結構いけるのか？　と思った。思ってしまった。それを確かめたくなった。目の前が少し開けた感じがした。道がすーっと延びた感じがした。十八歳。無理もない。

ボクシングをやってみる。思いつきはすぐに形になった。僕はネットでジムを探した。都内にも結構あることがわかった。大きなところは避けた。きちんと教えてもらえないような気がしたからだ。

僕が住む江東区の隣、江戸川区《えどがわ》にちょうどいいのがあった。外崎ボクシングジム。会長の外崎牧男さんは元日本フェザー級チャンピオンだという。フェザー級がどのくらいのウェイトなのか、当時はそれさえ知らなかったが、僕は外崎ジムを訪ね、そのまま入門した。

恥ずかしかったので、ゲームセンターのパンチングマシンでいい数値が出たから始めてみようと思いました、とは言わなかった。昔からボクシングに興味があって、と言った。高校時代に陸上の八百メートル競走をやっていたことも話した。じゃ、毎日十キロ走ってね、と外崎会長に言われた。

ボクシングを始めたことを両親には伝えた。二人とも驚いたが、反対はしなかった。格闘技というよりはスポーツ。ボクササイズ。みたいなイメージでとらえたのかもしれない。

すごいね、と梓菜もシンプルな感想を洩《も》らした。お兄ちゃん、人を殴れるの？　それにはこう返した。殴るよ。そういう競技だから。

僕は大学でも、源に誘われて得体の知れないイベントサークルに入っていた。そちらはすぐにやめた。やめます、とわざわざ言う必要もないサークルなのだ。

出だしはそこそこ順調だった。

初めてミット打ちをやらせてもらったときも、初めてヘッドギアを付けてスパーリングをやらせてもらったときも、そこそこやれた。思いのほか動けたし、思いのほか相手のパンチも見えた。会長にほめられてうれしかった。自分はほめられて伸びるタイプなのだと思った。が、伸びなかった。

自信を打ち砕かれる瞬間は早々にやってきた。

ジム仲間、プロテストに合格したばかりの是永有経《これながありつね》くんとスパーリングをした。是永くんは僕より一歳下。高校退学後にボクシングを始めていた。階級はフライ級。バンタム級の僕よりも軽い。

会長は是永くんに言った。有経、ボディは全力で打て。

是永くんは指示どおりにした。

何発かガードしたあと、左のボディフックをまともに食った。是永くんの左だから、僕にとっては右。医学部に落ちた僕でもわかる。その辺りはレバー、肝臓だ。

ゴブッと息が洩れた。いや、詰まった。声にはならなかった。それ一発で僕はマットに沈んだ。その場に崩れ落ち、悶絶《もんぜつ》。のたうちまわるしかなかった。

強烈な体験だった。的確にパンチを当てられると、そうなるのだ。人間の体はそこまで強い攻撃に耐えられるようにできてはいないから。

ボクサーなら誰でも通る道。世界チャンピオンも日本チャンピオンも通っている。チャンピオンだって打たれれば痛いし、倒れもする。そうならないよう体を極限まで鍛え、防御の技術を覚える。僕もその道を行こうとした。実際、少しは行った。でも。僕は弱かった。気持ちが。

打たれることへの恐怖が残った。それも皆同じだとは思う。打たれたくないから必死に防御するのだ。ただ、その恐怖を感じる度合いには個人差がある。僕は強いほうだった。

　怖さがあるから、相手との距離をなかなか詰められなかった。いつも腰が引けていた。それでは自分のパンチを強く打てない。僕もシャドーではいいパンチを出せた。でも相手がいるとダメだった。どうしても腰を引く悪い癖が出た。いつでも逃げられるよう、重心を後ろに置いてしまうのだ。

　それでも、どうにかプロテストを受けさせてもらえるところまでは行った。結果は不合格。そこでも僕ははじかれた。

　また受けりゃいいよ、と会長には言われたが、それではダメなような気がした。プロテストに落ちるようなボクサーはプロになってもダメだろうと、僕自身が思ってしまった。

　一流私大出のプロボクサー誕生。そんなきれいな話にはできなかった。そうなってみてわかった。結局、僕はその感じになりたかったのだ。ボクシングが好きなのではなく、わかりやすい勲章がほしかったのだ。

「動機が不純だったんですよ」と横尾さんに言う。「読みも甘かったです。ほんとに不思議ですよ、何で自分はやれると思ったのか。プロになれば、チャンピオンはともかく日本ランカーぐらいにはなれるだろうとも思ってましたからね」

「そう思えるからみんな始めるんでしょ。思えなかったらやらないよね。キツそうだし」

「キツいです。痛いですし」

「で、いつやめたの？」

「大学三年ですね。就職活動が始まる前です。ジムにはそのあとも在籍したんですけど、僕のなかではそこでやめたことになってます。マイナスにはならなかったと思ってますよ。入社面接とかでそのことを話せましたし」

「それは、興味を引かれるだろうな」

「ボクシングをやってた人はそんなにいませんからね」

「しかも出版社だもんね」

「はい」

「カジカワの面接でも、まだボクシングを続けてる感じで話しましたよ。ズルいですけど」

「ジムに在籍してたんなら、いいでしょ」

「就職してからも続けるの？　と訊かれました」

「どう答えた？」

「やめます、仕事に専念します、と。偉そうに言いましたよ。それほど御社に入りたいんです、みたいに」

「で、受かったわけだ」

「おかげさまで」

「よそも受けてたの？　出版社」

「いくつかは」

「ちなみに、どこ？」

「水冷社と研風館ですね。どっちも落ちました。ボクシングが利いたのはウチだけでした」

「出版社で受けたのは三社だけ？」

「そうですね。あとはほかの業種です。僕は、電力会社とか飲料会社とかも受けてますよ。電力は落ちて飲料は受かりました」

「出版社を受ける人って、みんなそんな感じなの？」

「そうじゃないですかね。出版を受けるにしても、それだけってことはないと思いますよ。業界の規模は小さくて、採用人数も少ないですから」

「そっか。そうだよね」

「出版社とほかのマスコミとか、そういう組み合わせが多いんですかね。テレビとか新聞とか広告とか」

「何にしても、出版社に入ったんだからすごいよ。結局さ、菜種くん、どこでも挽回はしてるよね。医学部は落ちてもいい大学には入ってるし、ボクシングはやめても編集者にはなってるし。おれに言わせれば、多才以外の何ものでもないよ」

「僕に言わせれば、多芸は無芸、ですけどね。どれもうまくいってないですし」

「いや、編集者としてはうまくいってるでしょ」

「全然ですよ」そう言って、僕は赤ワインを飲む。「これはさすがに書かないでほしいですけど。でも何らかの形で横尾さんの耳に入るかもしれないから言いますけど。僕は三須さんを怒らせて、担当を外されてますからね」

「ミスさんて、えーと、『澱《おり》』とか『吹きすさぶ』とかの人？」

「はい。三須邦篤さん」

「大御所、だよね」

「大御所、ですね」

「大御所って、怒るんだ？」

「怒り、ましたね」

「何かしたの？」

「不用意に、直しのお願いをしちゃったんですかね」

「不用意に」

「はい。僕はまだ編集者になりたて。二十五のときです。三須さんは二十代の編集者が好きなんですよ。若い世代の意見を聞きたいっていうことで」

「あぁ。それはわかるわ。三須さんて、いくつ？」

「今五十八、ですね」

「まだそんなか。自分の父親ぐらいのイメージでいたわ」

「二十代から活躍されてますからね」

「キャリア三十年。すごい」

「僕も三須さんの『吹きすさぶ』が好きで。担当になれてうれしかったんですよ。舞い上がってたというか。で、その若い世代の意見を聞きたいっていうのを見事に真に受けて。ここはこうで、そこはそう。そんなふうに直してみたらどうでしょう。みたいなことを抜け抜けと言っちゃって」

「なるほど。でもさ、それで怒る？」

「すぐに担当を外されましたよ」

「へぇ。そういうこともあるのか。おれだったら、指示を全部聞き入れちゃうけどね」

医学部全滅が一度め、ボクシングのプロテスト不合格が二度め、だとすれば。それが三度めの挫折ということになる。

またか。と、正直、思った。出版社に入ったからには、僕も一応、編集の部署を希望した。制作にいた三年を経て、実際にそうなれた。そしていきなりそれ。結構なつまずきだ。

まだ編集の仕事に慣れない段階でそうなってしまったから、どうしていいかわからなかった。わからないまま、手探りでここまで来てしまった。成功体験がないから、指針とするべきものもないのだ。

三須さんの長編『吹きすさぶ』。最後の一行はこう。

あぁ、この風の吹きすさぶ。

まさにその心境。それは昔からずっと続いている。

小学生のころは何も感じなかった。友だちには一戸建てに住む子もいたし、小さなアパートに住む子もいた。祖父母と同居する子もいたし、母親と二人で暮らす子もいた。友だちを家に呼んだこともあるし、友だちの家に呼ばれたこともある。立派な家だね、とよく言われた。さすがお医者さんだね、とも言われた。友だちの親からも言われた。何とも思わなかった。

でも中学生になると、少し思うようになった。私立に行ったので、小学校時代の友だちとは距離ができたが、たまには遊ぶこともあった。小学生のころとは何かがちがっていた。僕は自分が恵まれていることに気づいた。恵まれているから立派な家に住み、恵まれているから私立の中学に行っているのだと気づいた。恵まれていてよかった、と思った。まだそう思っていられた。

高校生になると、自分が高いところにいることをはっきり認識した。自分の力でそこに上ったわけではない。初めからそこにいただけ。そこで生まれただけ。恵まれていることが少し重荷になった。

そして医学部の受験に全滅した。せめて歯科医の息子ならよかったのに、と思った。せめて息子でなく娘ならよかったのに、とも思った。

一方では、どこかほっとしている自分もいた。何というか、初めて止まった感じがした。低速ながら勝手に動いていたベルトコンベアが、そこで初めて止まったのだ。ただ。梓菜にはやはり負い目がある。長男の僕がやるべきことを押しつけてしまったから。

「ワイン、もう一杯飲みますか？」と横尾さんに尋ねる。

「いや、やめとくかな。飲みやすいんで、結構飲んじゃったよ。ビールに慣れてるから勝手がつかめない。ベロベロになって、帰りに高校生とかに襲われないようにしなきゃ。聞きたいことはだいたい聞けたし、自分でイメージもできたから、書いてみて細かい疑問が出たらその都度訊くよ。メールか電話で」

「わかりました」

「ということで、整ったら、書きだしちゃっていい？」

「はい。お願いします。では行きましょうか」

「うん。ごちそうさまでした。取材もありがとう」

「いえいえ。僕もフレンチを楽しみました」

東京駅まで歩いていくという横尾さんとは中央通りで別れた。東西線に乗るつもりで、日本橋駅へ向かう。

午後十時前。さすがに人通りは少なくなっている。

ふと梓菜に電話をかけることを思いつき、スマホをパンツのポケットから出した。名前と番号を画面に表示させ、電話をかける、をクリックしかけたところでとどまった。

電話をかけて、いったい何を言うのだ。医学部に受かってくれてありがとう。か？
梓菜にしてみれば意味がわからない。気味が悪いだろう。
待ち受け画面に戻し、スマホそのものもパンツのポケットに戻す。
参った。
接待する側ではありつつ、初めて取材される側にまわったからか。
酔っている。

七月の横尾成吾

のりこし精算機は一つの改札に一つしかないことが多い。その一つしかない精算機に足止めを食らった。前に人がいたのだ。

キャスター付きのトランクを足もとに置いた男性。半袖《はんそで》のシャツにゆったりめのパンツ。歳は四十ぐらい。

やや距離を置いて、後ろに並ぶ。

地下鉄の駅の改札。自動改札のすぐわきに駅員室があるのだが、駅員は不在。しばらくして、二十代半ばくらいの男性駅員が通路を走ってやってきた。お待ちください、と声をかけ、駅員室に入っていく。そして精算機の小窓越しに男性と何やらやりとりする。男性が精算機に入れたＩＣ乗車券が戻ってこない、ということらしい。

やりとりは長い。おれが並んでから五分経っても問題は解決しない。

反対側の改札に行くべきか。でもここまで待って行くのもなぁ。おれが離れた途端、はい、完了、となってもおかしくない。そちらから出ても、またこちらへ戻ってこなければいけないのだ。とはいえ、さすがにそろそろ。

と思ったところで、男性が声を上げる。怒声。内容まではっきり聞こえる。

「どういうことだ！　そっちで勝手に戻ってこなくしといて、戻すときは名前を言えって、何なんだ！」

「いえ、あの、一応、確認の意味で」という駅員の弱々しい声が続く。

「こっちはずっとここにいるんだよ！　何が確認だ！」

ごもっとも、と後ろで思いつつ、その剣幕に圧倒される。おれが来るかなり前から待たされてたということか。ただ、駅員の言うこともわからないではない。あくまでも、理屈としては。

男性はくり返す。

「勝手に戻ってこなくして、散々待たせて、返してやるから名前を言えって、いったいどういうことだ！」次いで背後のおれをチラッと見て言う。「後ろにいるんだぞ！　聞かれるんだぞ！　個人情報を何だと思ってるんだ！」

いやいやいやいや。と言いたくなる。何、おれも悪いのか？　おれも巻きこまれてるのか？

「失礼な言い方になってしまってすいません」と駅員が謝る。

男性はさらにくり返す。

「戻ってこなくして。何分も待たせて。返してやるから名前を言え。客を何だと思ってるんだ！」

言ってることは正しい。怒るのもわかる。駅員は二十代。たぶん、失礼な言い方はしてない。が。もっともっと下手に出てほしかったのだろう。四十ぐらいの男性にしてみれば、もの足りなかったのだろう。それもわかる。にしても。ちょっと度を越した感じはする。

男性が声をもとの大きさに戻す。だから名前を口にしたのかはわからない。だがカードは戻ったらしい。男性は振り返っておれを一瞥《いちべつ》し、すぐわきを歩いていく。

おれは精算機の前に進む。ちょうど小窓が開いたので、なかの駅員に尋ねる。

「すぐ直ります？」

「はい。お待ちください」

小窓が閉まり、精算機は十秒ほどで使用可能な状態に戻る。おれは精算をすませ、やっと改札を出る。精算に十分。長い。

あの男性、もし原稿をボツにされたら怒んだろうなぁ、と思う。もう、激怒だろうな。赤峰さんが、原稿をお返ししますので確認のためお名前をおっしゃってください、なんて言ったら、どうなるかな。

で。ようやく地上に出たおれがどこに行くかと言うと。カフェに行く。

セルフ式のチェーン店。コーヒーが一杯二百円で飲める店だ。安いわりにうまい。同種のほかの店よりそちらのほうがうまい気がする。うまくなくてもそちらを利用するだろう。そこは弓子が勤める会社が経営する店なのだ。都内にはたくさんあるから、いつも何となくそこを選ぶ。いや、何となくではない。ちゃんと選んでる。少し遠くても、歩いてそちらへ行く。

おれがいつも行くその店は、座席が広くとられてる。それも気に入ってる。おれは二人掛けのテーブル席でなく、外の通りに面したカウンター席に座る。そして時折通りを眺めながら原稿を書く。手書きだ。もちろん、下書き。

そう。おれは必ず下書きする。原稿をすべて一度シャープペンシルでノートに手書きする。文法やら何やらの細かなことは考えない。まちがえても消さない。二重線を引くだけ。ダーッと書き進める。

本一冊分下書きするわけだから、ノートは二冊半ぐらいになる。そのノートを見ながら、パソコンに本書きする。殴り書きのミミズのたくり文字なので、自身、読めないこともある。何かいいこと言ってそうなのに読めねえよ。そんなことは多々ある。二度書くので、手間はかかる。無駄だと感じる人もいるだろう。おれにしてみれば無駄ではない。本書きをするときに一度推敲ができる。これが大きい。悩まずスムーズにいけるから、文章にリズムも出る。

本書きした分は、その日のうちにまた推敲する。最後まで書き終えたら、今度はパソコンのデータ原稿を頭から読み返し、新たに推敲する。それも終えたら、プリンターで印刷して紙の原稿で読み、さらに推敲する。おれの場合はそこで終了。第一稿が上がりました、となる。

今日はその下書きを始めるつもりでいた。いよいよノートに書きだすのだ。弓子の店のコーヒーを一口飲む。ふと思いつき、ノートの欄外にこうメモする。

正論を声高に言う人が苦手。

さっきの男性のことだ。駅でのハードクレームの。何らかの形でつかえるかもしれないから、書き残しておく。

いざスタート。

タイトルは未定。決めて書きだすこともあるが、今回は未定。決めておいても、どうせあとで、変えませんか？　と言われる。出版社は自分たちでタイトルを決めたがるものなのだ。だから最近はおれも仮タイトルのまま始めることが多い。これと決めたものがあっても言わなかったりする。書いたものを読ませてから伝えたほうが響くこともあるので。

タイトルに限らない。内容もそう。原稿を渡して、すごい、天才です、このまま出しましょう、となることはない。大御所ならそうなることもあるのかもしれない。おれクラスではならない。編集者は必ずダメな点を探してくる。掘り出してくる。もしも世の中に完璧《かんぺき》な小説というものがあるとして。おれがそれを書いてきたとしても。編集者はここを直してほしいと言ってくると思う。

直しの指示を受けたとき、これはこういう意図で、と説明しても、たいていの編集者は引き下がらない。一度引き下がっても、角度を変えてまた言ってきたりする。初めとはちがうことを言いだしたりもする。それが誤りとは言えない。作品と向き合ううちに見方が変わることもあるから。

編集者の言い分がすべて正しいということはない。同様に。おれの言い分がすべて正しいということもない。それはここ数年でわかった。書き上げたあとは委ねる。そうすることも覚えた。こだわりのようなものを持つべきではないのだ。こだわり。そんなものに意味はない。あると自分で思ってるだけ。他人から見れば何でもない。いや、そうじゃない。意味はあるんだよ。というそれも錯覚。

最近、そういうこともわかってきた。新人のころはわからなかったことだ。わかってきてもボツにはなる。それはもうしかたない。

何だかんだで本を出せているのだから作家は勝者。そう思われるかもしれない。ほかの作家さんのことは知らない。おれ自身に勝者の感覚はない。ずっと二勝八敗の感じだ。その二勝のために書いてる。それが実感。

で、二時間ほど書くと。おれはカフェを出て通りを歩き、約束の店に行った。銀座二丁目の地下にある『鶏蘭《とりらん》』。鶏料理屋だ。

午後六時。そこで多賀益之《たがますゆき》と荻原未知《おぎわらみち》と会った。

二人は同い歳。大学の同級生だ。弓子同様、語学のクラスが同じだから話すようになった。卒業してからはそんなに会ってない。初めの三年ぐらいだけ。弓子と四人で何度か飲みに行った。

「弓子は来られないって」と未知がおれに言う。「さっきメールが来た。仕事で何かあったみたい」

「そうか」

今日のこれは未知が弓子に持ちかけた話だ。久しぶりに横尾くんと四人で飲もうよ、と声をかけたらしい。飲もう、と応じてそのことをおれに伝えた弓子が不在。だがそれでよかった。弓子とは、二人で飲むほうがしっくりくる。

四人掛けのテーブル席に三人で座る。おれの向かいが益之で、な나め前が未知。まずはグラスのビールで乾杯した。

「いや、ほんと久しぶりだよね」と益之が言い、

「何年ぶり?」と未知が言う。

「何年だろう」とおれ。「二十五年ぐらいか」

「二十五年!」と益之。

「四半世紀!」と未知。

「でもそうなるよなぁ」と益之がしみじみ言う。「早いよね。あっという間だ」

「横尾くんが作家になったのは前から知ってたのよ。すごいなぁ、と思ってた。で、やっと会えた」

「いつ知った?」と尋ねてみる。

「えーと、映画のときかな。横尾くんの小説が映画になったとき」

『キノカ』だ」と、これはおれでなく、益之。

「それ。鷲見翔平が出てたよね？」

「そう」とそこはおれ。

「原作者が横尾成吾となってたから、ん？って。それで調べたの。その時点でもう何作も出してたよね？　新人賞を獲ったんでしょ？」

「うん。小説誌の」

「ほんとは映画で気づいたときに連絡したかったのよ。でもそれで連絡するのも何かヤラしいかと思って」

「おれもそう思った。定期的に会ってればそんなこともなかったんだろうけど。そうじゃないと、ちょっと気が引けるよね」

益之と未知。どちらも大いに変わってた。当然だ。二十五歳と五十歳。変わってないわけがない。この店は益之が予約した。勤め先が近いので前から知ってたという。益之は道路会社に勤めてる。事務所が銀座一丁目にあるそうだ。未知も職場は近い。日本橋《にほんばし》。主に海苔《のり》をつくる食品会社。ここまで歩いて来られる。が、銀座線に乗ってきた。だって、疲れちゃうもの。五十で二駅歩くのはしんどいよ。

煮ものに焼きもの。様々な鶏料理を食べながら、二人はおれの本の話をした。いろいろ読んでくれてるらしい。

で、ひととおり終えたところで未知が言う。

「横尾くん、結婚はしないの？」

「しないね」とすんなり言葉が出る。「できないし」

「できないことないでしょ。作家ならモテるはず」

「モテないよ。人と知り合う機会もない。毎日ただ書くだけ。一ヵ月誰ともしゃべらない、なんてこともあるよ」

大げさではない。本当にある。お箸一ついいです、とコンビニの店員に言い、あ、おれ、今、久しぶりにしゃべった、なんて思ったりする。

「パーティーとかあるんじゃないの？」

「ないない。おれは一度も出たことないよ。受賞とかもしたことないから、パーティーを開いてもらったこともないし」

「でも新人賞はもらったじゃない」

「授賞式みたいなのはなかったよ。出版社の部屋で賞状と記念品をもらっただけ」

「記念品て？」

「おれのときは懐中時計。電池を換えてないからずっと止まってるよ」そして今度はこっちから訊いてみる。「荻原は、いつ結婚したの？」

「二十九のとき」

「今の名字、何？」

「荻原」

「え？」

「戻ったの」

「えーと、もしかして」

「離婚ではない。死別」

「あぁ。ごめん」

「いいわよ、もう三年経つし。前の名字は若狭《わかさ》。若狭湾の若狭。夫はね、再婚だったの。わたしより十八歳上。だから、亡くなったときでもう六十五。早いけど、早すぎというほどでもなかった。前の奥さんとのあいだに子どももいたの。といっても、今四十だから、全然子どもって感じじゃなかったけど。今はまったくの他人」

「ん？」

「若狭家からは離れた。姻族関係終了届を出したの」

「あぁ。相手方とは無関係になりますってやつ？」

「そう」

「出したんだ？」

「出した。何かね、めんどくさい家なのよ。要するに、いい家。会社を同族経営してるの。夫も役員だった。三男だから下のほうの役員だけど。そもそもね、わたしのとこで贈答品の海苔をまとめて買ってくれてて、それで知り合ったの。で、結婚。玉の輿《こし》とか言われたけど、向こうは再婚だし、実際にはそんな感じでもなかった。夫はいい人で、すごく好きだったけどね。家の人たちは、正直、キツかった。初めからわたしのことをよく見てなかったし。もしかしたら、お金目当てくらいに思ってたかも」

「子ども、いるよね？」

「ええ。息子。今、十八」

「その届が適用されるのって、確か、本人だけじゃなかった？」

「そう。わたしだけ。でも復氏届を出して、息子も荻原にした。本人もそれでいいって言ってくれたし。家庭裁判所に行ったり何だりで大変だったけど、やっと落ちついた。息子と若狭家の関係までは解消できないけどね、向こうが何か言ってくることもないと思う。むしろ歓迎してる感じだから」

「歓迎？」

「去ってくれることを歓迎。ほら、長男がいて、もう会社を継いでるから。切り離したかったんでしょ」

「そっちの家とも話したんだ？」

「話した。わたしが届を出すだけなら伝える必要もないから勝手にやっちゃうんだけど。息子が絡むからちゃんと話した。弁護士さんも通してる。解決ずみ」

『百十五ヵ月』の藪下初彦ちあき親子と似たような感じだ。その二人には血のつながりがない。若狭家の人と未知にもないが、若狭家の人と未知の息子にはある。あったはずの関係が、なくなる。その意味では『三年兄妹』ともつながる。家族には、いろいろな形がある。

姻族関係終了届。すごい名前だ。まあ、そうとしか言いようがないのだろう。人と人の関係を紙きれ一枚で終わらせる。歪みも出るはずだ。届を出すほうも出されたほうも、穏やかではいられないはずだ。

終わることで始まる関係もある。姻族関係終了届。それは『三年兄妹』でも書いた。また別の形で書くのもいいかもしれない。頭の隅にメモしておく。

食は進む。酒も進む。飲みものはそれぞれ三杯め。おれはビール、益之は焼酎《しょうちゅう》のロック、未知は梅酒の水割り。

「多賀くんのとこは、娘さん、何歳だった？」と未知が尋ねる。

「二十三」

「あ、そんなに大きいんだっけ」

「うん。おれは二十六で結婚したし」

「そうか。わりと早かったんだ」

「できちゃった結婚だからね」

「あぁ。そうなんだね」

「でさ」

「うん」

「おれ、じいちゃんになったよ」

「え？」

「孫ができた」

「ほんとに？」

「ほんとに」

「言ってよ」

「言おうと思ったら、荻原の話で、ちょっと言いづらくなった」

「何でよ」

「何か、おれだけうまくいってるみたいで」

「いいじゃない。うまくいきなさいよ。それでわたし、妬《ねた》んだりしないって。よかったね。おめでとう」

「ありがとう」

「男の子？　女の子？」

「男」

「名前は？」

「ソラ。漢字で、空」

「空くんか。誰がつけたの？」

「娘夫婦が二人で。名字が丸子《まるこ》でさ。下丸子とか新丸子とかの丸子。だから丸子空。響きがいいっていうんで、決めたみたい」

「確かに、音、きれい。丸子空。発音したくなる」

「一応、言っておくと。まだ若いけど、娘はできちゃった結婚じゃないよ」

「別に疑ってないわよ。丸子空くんは、生まれたばかり？」

「うん。三ヵ月」

「かわいいでしょ」

「かわいいねぇ。毎日写真を送ってもらうよ。全部とってある。育っちゃうといけないから」

「何よ、それ。育ったほうがいいじゃない」

「そうだけど」

「会いにはいかないの？」

「丸子くんの親御さんもいるから、そんなには行けないよ。二週間に一回」

「行ってるじゃない」

「いや、近いしさ。ほんと、かわいいよ。娘もかわいかったけど、またちがう感じにかわいい。もうランドセルを買おうかと思っちゃうよ」

「早すぎ。つかうときには中古じゃない」

「それ、娘にも言われた。バカ親ならぬバカじいじだって」

「いいね、バカじいじ。バカなのに真っ当な感じがする」

おれは黙って二人の話を聞いてる。笑ってる。子どもの話になると何も言えない。孫の話になると、なお言えない。言えることが一つもない。孫なんて、おれにしてみれば遥か遠くの存在だ。だから弓子と話してると楽なのかな、と思う。そんな話になることがないから。その手の話がいやなわけではない。ただ、遠い。

それにしても。その手の話がいやなわけではない。

それにしても。益之。五十歳。孫がいるのか。同い歳のおれは妻も子もいないのに。すごいな、と感心する。会社員にあこがれがあるのと同じ。そういうことをちゃんとこなしてきた人を、おれはやはり尊敬する。結婚するとか子どもを持つとか、そういうことがすべてじゃない。と言ってしまうのは簡単だ。確かにそう。それがすべてではない。が、大きいことは大きい。そこは認めなきゃいけない。

「空くんの名前は、小説でつかわないようにするよ」とおれは益之に言う。

「ん？　どうして？」

「形を与えちゃうのはよくないから。悪役ではないにしても」

登場人物の名前では苦労する。おれの小説にはいつも四十人ぐらい出てくる。だからかなりのペースで名前をつかってしまうのだ。

作品を書きだす前に名前はすべて決める。プロットも役柄も決まってないのに名前だけ決めてしまうこともある。名前から人物をつくりだすこともある。

知人と同じ名前はつかいづらい。その人と親しいか親しくないか、それは関係ない。単純な話。書くときに、イメージが邪魔になってしまうのだ。

「遠慮しないでつかって。小説でつかってもらえたらうれしいよ。人に自慢できる。益之も多賀もつかってほしいくらいだよ。悪役でもいいから」

「荻原も未知もつかってよ」

「荻原はもうつかったよ」

『川は流れるよ』でつかった。未知のことを意識してなかったからつかえたのだ。この人物を荻原にしようと決めたときに未知のことを思いださなかった。それはそれで失礼なので、言わないが。

「横尾はすごいよなぁ」と益之が焼酎のロックを飲んで言う。「作品を世に残せるんだから。おれにはそういうの、何もないよ」

「本なんていずれ絶版になるよ」

「でも図書館に行けばあるじゃない」と未知。「日本じゅうに行き渡ってるってことだよね。作家として名前も残るし」

「うーん」

おれはそのあたりのことには興味がない。自分が死んだあとも作品が読まれたらうれしい。だがそれは、作品が読まれるのがうれしい、ということしか意味しない。自分が生きた証《あかし》を残したいとか、そんな気持ちはない。あるなら、むしろ書いてなかったかもしれない。それこそ結婚し、子や孫を残そうとしてたかもしれない。

午後八時半。益之の提案で、締めに鶏雑炊を頼んだ。一人前でもそんなに多くはないらしい。だがそこは五十歳。取り皿をもらい、二人前を三人で分けることにした。

「また飲もうね」と未知。

「飲もう」と益之。

「そうだな」とおれ。

今日は楽しかった。こんなふうに会って飲めば、楽しいのだ。だが次があるかはわからない。しばらくはもういいと思うかもしれない。それもまた五十歳だ。

翌日。目を覚ましたのは午前九時。

自分でも驚いた。久しぶりに長く寝た感じがした。幸い、酔いは残ってない。

アパートの窓のシャッターを開けると、陽光が射しこんできた。

フトン干そう、と思った。今日は二日に一度の買物デー。そしてもうこの時間。四葉のハートマートが開く時間。書く前に出ちゃおう。干して出ちゃおう。

朝のストレッチと洗顔と歯みがきを手早くすませ、ベランダにフトンを干す。

今思えば。ガキのころは、フトンを干す意味がわからなかった。昨日も干したのに母は何故今日も干すのか。濡《ぬ》れてもいないのに何故そんなに干したいのか。本当に不思議だった。

ガキはそうなのだ。晴れや雨やくもりのことはわかっても、湿度のことまではわからない。というか、意識しない。梅雨時に学校の廊下がビタビタになってることがあるが、その理由までは考えない。何か濡れてんなぁ、これじゃスライディングできねえなぁ、と思うだけ。

ある程度大きくなると、ようやく梅雨や夏の湿気を理解する。暑さにもカラッとしたそれとジメッとしたそれがあることに気づく。フトンがじんわり湿ってることにも気づく。おっさんになると、そのじんわりが不快になる。そうなると、干したくなる。干せるなら毎日でも。

で、干しすぎた。やると決めたらやる。おれの悪い面が出た。

晴れたら干す。そう決めてた。その晴れの範囲が、広くなってた。ちょっとでも晴れたら干そう、雨が降ってなければ干そう、になってた。

部屋を出るときには、もうほとんど陽は射してなかった。おれがシャッターを開けたときにたまたま射しただけ、だったのかもしれない。

まあ、いいや、と思い、四葉のハートマートに向けて歩きだした。

アパートを出たときは白かった空が、陸橋を渡るころには灰色になった。かなり濃い灰色だ。あれ、ちょっとヤバいか？　とそこで初めて思った。でもだいじょうぶだろ。というそれはもはや中高生が持つ根拠のない自信と同じだった。

だいじょうぶじゃなかった。みつばの空にゲリラがいた。灰色の空はあっという間に黒ずんだ。水に黒い絵具を垂らしたときみたいにだ。

陸橋を四葉のほうへ渡りきったときにザーッと来た。助走なし。いきなりのザーッ。

天の誰かがおれ目がけてバケツの水をぶちまけた感じだ。天の誰か。キノカ？

マジかよ、と思った。ヤバいヤバいヤバいヤバい。フトン、干しっぱなし！

一階の狭いベランダ。一応、庇《ひさし》はあるが、ないも同じ。むき出し。靴は外にむき出しで置かれたフトンに雨。この雨。絶対にあってはならないことだ。靴はいい。洗濯物もいい。よくはないが、しかたない。だがフトンはダメだ。絶対にダメだ。

おれ自身は雨が当たらないところへ避難した。バス通り沿いにあるお好み焼き屋、その庇の下だ。今は午前十時半すぎ。店は閉まってる。

路面に打ちつけられた水滴がぴょんぴょんはね上がるほどの凄《すさ》まじい雨。豪雨。陸橋の道路を水がちょっとした川のように流れる。

その川を眺めながら、おれは呆然《ぼうぜん》と立ち尽くす。

ゲリラ豪雨対綿ブトン。勝ち目はない。サンドバッグ状態どころではない。サンドバッグは人に殴られるためにつくられてるが、綿ブトンは雨に降られるためにつくられてない。サンドバッグはパンチを受けるだけ。綿ブトンは水を吸収してしまう。

この降り方なら三分でもアウトだろうが、豪雨は二十分続いた。

そして唐突にやんだ。始まりも急だが、終わりも急。雲は一気に去り、空が青くなる。

カリフォルニア、という言葉が頭に浮かんだ。小学生のころに自分がカリフォルニアスカイというドロップハンドルのチャリに乗ってたことまで思いだした。

ただでさえ暑いが、陽が出たことで急劇に気温が上がる。路面が濡れてるので湿度も上がる。それでもなお、おれはお好み焼き屋の庇の下に立ち尽くした。ショックがデカすぎた。現実を受け入れられなかった。

おれは第一志望の大学に落ちてる。そのときもここまでショックではなかった。こんなことを言っちゃいけないが、父が亡くなったときも同じ。もちろん、ショックではあったが、予想はしてた。覚悟はできてた。

今のこれはちがう。受験の失敗や父の死とちがい、自分次第で、避けようと思えば避けられた。それができなかった。雲行きはあやしかったのに、まあ、いいや、と出てきてしまった。無根拠中高生のそれでなく、衰えたおっさんであるがゆえの、まあ、いいや、だった。

洗濯物ぐらいなら、雨の日に干しっぱなしにした経験がある人も多いだろう。だがフトンは別。ここまでのゲリラ経験をした人は、案外少ないのではないだろうか。一生経験しない人のほうが多いのではないだろうか。

ショックで寝こみたいところだが、寝こむためのフトンがない。参った。このあと、どうするのだ。掛ブトンならともかく。よりにもよって敷ブトン、とマットレス。ダブル。つかえるわけがない。寝られるわけがない。どうすればいいのだ。ビッタビタに濡れきったそのフトンを、おれはどう処分すればいいのだ。今日の夜はどう寝ればいいのだ。

このあと速攻でフトンを買いに行く。電子レンジのときのように自力でそれを持ち帰る。敷ブトンとマットレス。何なら二往復する。気力がなければ今日は敷ブトンだけにとどめる。そんなところか。

孫がいる益之ならこんな愚かなことはしないだろうな、と思う。孫のためにフトンを干しはするだろうが、リスクは冒さないだろう。たとえ干したばかりでも、雲行きがあやしくなったらすぐに取りこむだろう。そのまま出かけたりはしないだろう。

今さらジタバタしてもしかたない。おれはアパートには戻らず、そのままハートマートに向かった。

途中で、またあのおじいさんに出くわした。チャリに乗ったおじいさんだ。やはり声を出してた。すれちがった。

「よぅ。んちゃあ」

珍しく、はっきり聞きとれた。おれが聞こうとしたからだと思う。気づいた。これはあいさつなのだと。おぅ。こんにちは。なのだと。

おれはあわてて振り返り、こう返した。

「こんにちは」

「おぅ。うぃ〜」みたいなことを言って、おじいさんは去った。

ちょっとあせった。おじいさんがずっとあいさつをしてきたのなら、おれはずっと無視してきたことになるのだ。

買物をすませてアパートに帰ると、フトンはずぶ濡れだった。水はなかまで浸み入ってた。それはそうだろう。あれだけの雨。池にドボンと落としたのとさして変わりはない。

と思ったのだが。ここからがすごかった。

まさか先があると思わなかった。午前中はゲリラ豪雨に感情を突き動かされたが、午後もまた突き動かされた。その一日で激しく揺すぶられたと言っていい。

午前十時半すぎにゲリラ豪雨に降られ、上がったのは二十分後。つまり、もとどおりフトンが干された状態に戻ったのが午前十一時ごろ。

さすがにこの日ばかりは午後六時まで干しつづけた。

で、その午後六時には、何と、フトンが乾いてたのだ。なかはスポンジっぽいマットレスだけでなく、綿の敷ブトンまでもが。

ところどころに茶色い泥汚れは少し残った。それはしかたない。だが、乾いてた。厚みは結構あるのに、なかまでちゃんと乾いてた。うそだろ？　と思い、部屋に入れて敷き、寝てみた。下からじんわり濡れてくる、なんてことはなかった。本当に乾いてた。まさにフトンを干したあとの、あの感じだ。

午前十一時から午後六時。七時間。雨が上がったあとはたいていそうなるように、陽射しは強かった。それがずっと続いた。気温は、たぶん、三十五度近くあった。

にしても。あれが乾くのか。すごいな。日光。

八月の井草菜種

カジカワから小柳大さんが出した『山本ジョン一郎の冒険』は売れた。売れに売れ、早くも映画化が決定した。

これに関しては、初めから決まっていたような感じもあった。担当の二瓶さんからそう聞いた。書きだす前にその手の打診はあったのだと。

七田《ななだ》賢輔《けんすけ》くんが担当する女性作家一村可愛《いちむらかわい》さんが出した『愛のない日の次の日に』も売れた。

こちらはテレビ番組にとり上げられたことが大きかった。人気のある女性タレントがバラエティ番組でそのタイトルを出して絶賛したのだ。

そういうのは本当に大きい。宣伝目的でない生の声にはやはり力があるのだ。実際、売上の数字は放送の翌日に一気に上がったりする。それだけで終わることもあるが、『愛のない日の次の日に』の場合は女性タレントに絶賛されたことがSNSでも広まり、効果は長く続いた。

七田くんは僕より二歳下の二十八歳。これが二つめのヒット作だ。一つめは、少し前に出した白土浪漫《しらとろまん》さんのサッカー恋愛小説『殿様のボランチ』。

白土さんは四十前の女性。サッカーのことは執筆するまで何も知らなかったという。一チーム十一人であることも知らなかったそうだ。

恋愛小説では定評があったので、七田くんがそこにサッカーを持ってきた。本人の言葉を借りれば、ぶち込んだ。白土さん、サッカー選手の恋愛を書きましょうよ、と自ら提案したのだ。

白土さんは初め乗り気ではなかったが、打ち合わせを重ねるうちに考えを変えた。自身、新しい何かが必要だと思ってはいたのだ。

七田くんは白土さんをJリーグの試合観戦に連れ出した。J1ではなく、J3。そのクラブに取材もさせてもらった。そしてヒットにこぎ着けた。

『殿様のボランチ』というタイトルもよかった。

ボランチで、サッカーだということはわかる。殿様という言葉との組み合わせもおもしろい。意味もきちんとある。ボランチはチームのかじとり役、いわば中心。殿様とも言える。

二瓶さんも七田くんも結果を出した。僕はどうだったか。

担当する緑《みどり》トキムネさんのミステリー『バレルハウス・ブギ』は売れなかった。

緑さんは今四十五歳。本名は池部景士《いけべけいし》さんだ。充分カッコいいので本名のままでもいいような気もするが、緑さんはデビュー時にそのペンネームをつけた。トキムネは北条時宗からきている。特に好きなわけではない。トキムネという響きが気に入ったらしい。

『バレルハウス・ブギ』は、タイトルがよくなかった。

バレルハウスというのは二十世紀初頭のアメリカにあった安酒場のことだ。ジャズなどの音楽も演奏されていたという。話の舞台はその時代のアメリカではない。現代の日本。ライヴハウスで起きた殺人事件を描いたミステリーだ。

僕は緑さんに言った。

「バレルハウスという言葉を、ほとんどの人が知らないですよね。だからどんな話か想像できない。それはマイナスじゃないかと思うんですよ」

緑さんはこう返した。

「でも、ブギがつくから音楽関係だってことはわかるでしょ」

「ただ、ブギもそこまで一般的ではないですし」

「一般的ではなくても、音楽だってことはわかるよね？」

「わかったとしても、はっきりしたイメージは持てないかと」

「持てなくていいよ。わかる人だけわかればいい。わからなくても、そこは問題じゃないし」

話し合いはずっとその感じだった。平行線。タイトルへのこだわりは相当強く、緑さんは最後まで折れなかった。

「このタイトルでないならこの作品の意味はないよ」

そう言われてはしかたなかった。これ以上はマズいと僕も判断した。このタイトルでないなら出したくない。そう言われる可能性があった。

では出すのをやめましょう。そう言うこともできなくはない。ないが、現実的ではない。すでにいろいろとお金をかけてしまっているのだ。横尾さんのボツとはまったくちがう。深刻なことになってしまう。

といっても、これは緑さんのせいではない。僕のせいだ。緑さんにいいタイトル案を出せなかった僕のせい。何を出したところで、それなら『バレルハウス・ブギ』のほうがいい、と言われてはいただろう。が、少しでも気を引けるものを出せれば、そこから攻めこむことはできたはずだ。

結局、『バレルハウス・ブギ』は外した。話題になることもなかった。

タイトルだけのせいではないと思う。トータルでうまくいかなかった。今その本を出す意味のようなものをはっきりと打ち出せなかった。

必ずしも新しいものにしなければいけないわけではない。でも本も商品である以上、目を引くものは必要だ。内容がよければいい。当然だ。そこは最低限。それだけでは本は売れない。難しい。正解はないのだ。それがわかっていれば、本はすべて売れてる。

緑さんは『バレルハウス・ブギ』の前にもウチから二冊出している。どちらも黒滝麻《くろたきま》織《おり》が担当し、そのあと僕に替わった。麻織が異動したわけではない。何かモメたわけでもない。次は男性と組んでみたいと緑さんが言ったのだ。そこで麻織が僕を推した。ちょうど同期がいますから、その井草でどうでしょう、と。

だから、僕が横尾さんの担当になったのとはまた少しちがう形。頻繁にあることではないが、まったくないことでもない。

例えば一村可愛さんと七田くんもそうだ。

一村さんの場合、前の担当者が女性だった。今は情報誌の編集部にいる京極《きょうごく》つばささんだ。今度は男性の意見がほしいとのことで、一村さんは男性編集者への変更を希望した。それで北里編集長が七田くんを担当にした。結果を見れば、成功だ。『愛のない日の次の日に』は売れたわけだから。

で、今日は研風館のパーティーに出た。作家も何人か来るというので、行こうと二瓶さんに誘われていたのだ。

が、出席予定だった小柳大さんが急遽キャンセルということで、結局は二瓶さんも行かないことになった。ならば僕も行く必要はないのだが、面識のない作家にあいさつぐらいしておこうと思い、一人で行くことにした。

会場は丸の内。少し時間もあったので、横尾さんをまね、皇居のわきを歩いていった。

パーティーには白土浪漫さんと一村可愛さんが来ていた。ウチでは七田くんが担当する二人だ。それぞれに研風館の担当者が付き、あいさつに来る多くの人たちをさばいていた。

そこへ七田くんを差し置いて僕が行くのもなぁ、と思い、この場でのあいさつはしないことにした。その代わり、見かけた他社の編集者の何人かと話をした。

そうした人たちとは、それこそこんなパーティーで知り合うことが多い。時にはあれこれ情報を交換したりもする。多少は駆け引きもある。あの作家さんは次にどんなものを書こうとしているのか、その進み具合はどうなのか。そういうことを聞きだし、ウチで書いてもらえる可能性を探るのだ。

他社だからといって、ギスギスした感じにはならない。出版業界は狭いので、仲間意識のほうが強くなる。いわば共闘関係になるのだ。むしろ他社の人のほうが、しがらみがない分、気楽に話せたりもする。

会場をひと巡りし、もう帰ろうかと思ったとき。背後から声をかけられた。

「井草さん」

振り向くと。メガネをかけた小柄な女性がいた。十川風香さんだ。水冷社の編集者。

「あ、どうも」

「井草さんもいらしてたんですね」

「はい。先輩に誘われたんですけど、そっちはキャンセルになっちゃって」

二瓶さんの名前までは出さない。小柳さんのドタキャンに触れなければいけなくなってしまうから。

「やっぱり研風館さんはすごいですね」と十川さんが言う。「特に何もなくてもパーティーをやっちゃうんですから」

「ないなかで、何かしらありますしね」

水冷社もカジカワも大手は大手だが、会社自体の規模では研風館に敵わない。

十川さんとは、これまでもこんな場所で何度か顔を合わせていた。だから横尾さんの担当であることも知っている。文芸の編集長になった百地さんから引き継いだ。そして『三年兄妹』を出したのだ。

ちょうどいい機会だと思い、自分から言う。

「僕も横尾さんの担当になりましたよ」

「あ、そうですか。カジカワさんは、えーと、どなたでしたっけ。担当」

「赤峰です」

「あぁ、赤峰さん。何度かお会いしたことがあります。異動、ですか？」

「はい。四月に。純文のほうに」

「横尾さんをそのまま担当することは、なかったんですね」

「そう、ですね」

少し迷ったが、経緯も話してしまうことにした。横尾さんが自ら十川さんに話すこともないとは言えないから。横尾さんがカジカワを悪者にするとは思わないが、十川さんがどうとるかはわからない。赤峰さんの印象が悪くなるかもしれない。それは避けたい。

言葉をやわらかくして、伝えた。

その長編は横尾さん発信の企画であったこと。二度直したが、しっくりこなかったこと。横尾さんには申し訳ないが、新たな企画でいくのはどうかと提案したこと。その直後に赤峰が異動になってしまったこと。それで僕が引き継いだこと。

「そういうことなんですね」と十川さんが言う。

「横尾さんからは、聞いてないですか」

「はい。ここしばらくは連絡してなかったので。次を始めるつもりではいますけどね」

「どういうのか、決まってはいるんですか？」

「いえ。横尾さんの企画待ちです」

『トーキン・ブルース』のときみたいなものか。と思っていたら。

十川さんも同じことを思ったらしく、笑顔でこんなことを言う。

「横尾さん、企画じゃなくて、カジカワさんで流れたその原稿を持ってきたりして」

「それはないと思いますけど」

「その長編、そんなによくなかったんですか？」

「実は僕も読んでないんですよ。担当してまずボツ原稿を読むっていうのも、横尾さんに失礼のような気がして。予断を持ちたくなかったというのもありますし」

「例えばの話。もしその原稿がよかったら、水冷社で出すことは可能ですか？」

「それは、だいじょうぶです。ウチがどうこう言えることではないので」

「まあ、難しいんでしょうね。赤峰さんの判断がまちがってたとは思えないですし。しゃべり言葉っていうのもおもしろいとは思いますけど。読者はついてこないかも」そして十川さんは言う。「あ、何か飲みものをもらいましょうか」

「そうしましょう」

二人、近くのテーブルにあったウーロン茶のグラスを手にする。

十川さんが一口飲んで、言う。

「新しいのはもう進んでるんですか？」

「今、書いてもらってます」

「刊行は？」

「来年の二月です」

「結構近いですね」

「すいません。何か割りこんだみたいになっちゃって」

「いえ、それは。もともと出される予定ではあったわけですし。横尾さんにとってもいいんじゃないですかね。お金の面でも」

そう思う。企画が流れても、僕らにはお金が入る。社員だから給料はもらえる。でも作家はちがうのだ。それはキツい。だからといって、作品を判断する基準を下げることはできないが。

でも、と僕は初めて一歩踏みこんで考える。原稿をボツにすることによって自分も給料をカットされるなら、僕はボツにするだろうか。自分に都合のいい見方をしたりはしないだろうか。

「横尾さんて、何かおもしろいですよね」と十川さんが言う。「ああ見えて、結構気をつかうじゃないですか。メールとかも、ふざけたりはするけど、実は丁寧だし」

「そうですね。返事も早いです」

「早いときはほんとに早いですよ。五分で返ってきたり。そんなときは、あぁ、パソコンの前にいるんだなって、わかります。二時間ぐらいかかったときは、あぁ、散歩してたんだな。もっと遅いときは、あぁ、どこかで打ち合わせをしてたんだな」

「そこまでわかります？」

「わかります。横尾さん、自分で言ってますもん。スマホでパソコンのメールを見るやり方がわかんないからそうなるって」

「あぁ。確かに言ってますね、自分はIT弱者だと」

「メールも仕事以外ではほとんどしないみたいですよね。LINEはそもそもやってないし。わかんないからこそやるときは変に気をつかっちゃうんだとも言ってました。わたしなんか、横尾さんより二十歳下ですよ。しかも作家と編集者。横尾さんが気をつかう必要はないのに」

「十川さん。二十歳下、なんですか？」

「はい。こないだついになっちゃいました、三十に」

「同じですよ。僕も三十です」

「あ、そうなんですね。ちょっと下ぐらいかと思ってました。井草さん、お若いから」

歳」

「ほかにもそんな人、結構いるんでしょうね。自分たちが知らないだけで、実は同い

「幼いだけですよ」

「歳とか関係ないですもんね。同じ会社なら先輩後輩っていうのはありますけど。会社がちがえば、歳を訊いたりはしないですし。特に女性には訊けないですし」

「横尾さんもそういうことを訊いてこないですよね。自分から言ったような気はしますけど。横尾さん、わたしが何歳か知ってるのかな。まさか四十歳とか思ってたりして。今度言っておいてください。水冷社の十川は井草さんと同じだって」

「機会があれば言っておきます」

「お願いします」そして十川さんは言う。「横尾さん、作家先生感がないから楽ですよね。こんなこと言っちゃいけないけど、打ち合わせで会うとき、ちっとも緊張しないですもん」

「それはありますね。初めて会うときは、さすがに緊張したんですよ。ボツのあとの引き継ぎだったんで」

「いや〜な感じになるかもって、思いますよね」

「思いました。でもだいじょうぶでした。そうそう。水冷社の百地さんからもらったダウンジャケットの話とか、してくれましたよ」

「冬場に着てるあれですね？　イタリア製でかなり高いという」

「それです」

「お下がりじゃなくて、お上がりの」

「はい」

「実際には、横尾さん自身、少しも怒ってなかったはずはないですよね」

「ないですね」

「キツいですよね、横尾さんにしてみたら」

「キツいですね」

「とはいえ、こっちも、何でも出しますよって言うわけにはいかないし。何にしても、井草さんが担当ならよかったですよ。横尾さんとも話がしやすいです。他社さんから出すものに関してはちょっと訊きにくい部分もあるから。でも気が楽になりました」

「僕もです」

「二月刊、楽しみにしてますよ。その次は、横尾さんにウチでがんばってもらいます」

と、まあ、そんなことを話して、十川さんと別れた。

会場を出ると、僕は日比谷《ひびや》通りを歩いて東京メトロの大手町駅へ向かった。ずっと地下道を歩いても行けるのだが、せっかくの日比谷通り、夜の皇居わきを歩いた。

JR東京駅から皇居へとまっすぐ延びる行幸《ぎょうこう》通り。そこを渡ったところで、パンツのポケットに入れてあるスマホがブルブルと震えた。取りだして、画面を見る。LINE

通話だ。藤谷《ふじたに》ひかるから。出た。

「もしもし」

「もしもし、ナタっち？」

「うん。どうした？」

と言いつつ、用件はわかっていた。本の感想を言ってくれるのだ。そうするときだけ、ひかるはこうして電話をかけてくる。ほかの用ならＬＩＮＥのメッセージですませるが、感想を言うときだけは通話。

「今、だいじょうぶ？」

「うん。外だけど、だいじょうぶ。もう帰るとこだから」

「あれ、読んだよ。『バレルハウス・ブギ』」

「そうか。ありがと。どうだった？」

「正直に言っていい？」

「いいよ」

「今イチ」

「あぁ。そう」

「わたしの趣味ではなかった」

「ミステリーは、そんなに好きじゃないんだっけ」

「でもないけど。これは合わなかったかな」

藤谷ひかる。二十七歳。僕の友人ではない。妹梓菜の友人。実家が近いのでよく遊びに来ていた。僕ともよく話した。今は、専攻医として忙しい梓菜よりも僕と話すことのほうが多いかもしれない。昔はナタ兄ちゃんと呼ばれていたが、いつの間にかナタっちになった。

ひかるは結構な読書家だ。僕が出版社に入ったことを、もしかすると僕以上に喜んだ。これはつかえる、というわけで。

実際、あれこれ訊いてきた。僕がどの作家を担当しているのか、今度どんな本を出すのか。僕も話せる範囲で話した。自分が担当した本をあげることもあった。ひかるは感想を聞かせてくれた。毎回律儀にそうしてくれるので、僕も小説の新刊が出るたびに渡すようになった。そのためにわざわざ会いはしない。実家に預けておくのだ。これ、ひかるちゃんが来たら渡して、と。

「まず、ライヴハウスを舞台にする必要はあったの？　って思った。作家さんが音楽好きなのはわかるんだけど、ただそれだけというか。あんまりぴんと来ないというか」

何とも辛辣《しんらつ》な意見だ。そういうのは、編集者でも言いづらい。

緑さんが音楽好きなのはわかるんですけど。そこへのこだわりが強いのもわかるんですけど。それ、おもしろくなりますか？

言えない。

でも。言うべきだったのかもしれない。もっと早い段階で。遅くとも、第一稿を読んだ段階で。

企画を聞いたとき、だいじょうぶかな、とは思った。が、化けるかもしれない、とも思った。作家の思いを尊重した、しすぎてしまった。

化けなかった、とは言わない。そうは言いきれない。数は少ないが、好意的な感想もあるのだ。緑さんが音楽を愛してやまないことが伝わるいい作品でした、とか、ライヴハウスに行ってみようかと思いました、とか。

「あと、共感できる登場人物が少なかったかな。誰に肩入れすればいいかわからなかった」

共感。よくつかわれる言葉だ。もしかしたら、読者の感想に一番出てくる言葉かもしれない。読者は登場人物に共感したがる。なかには、そこを最優先に考える人もいる。

「ライヴハウス探偵っていうのはちょっと笑ったけどね。湯けむり女将《おかみ》の推理かよ、みたいな。湯けむり女将以上に成立しないよね。ライヴハウスなんて、温泉宿よりずっと少ないだろうし」

「まあ、実際に探偵になるわけじゃないからね。たまたま探偵役になったのがライヴハウスのオーナーだってだけで」

シリーズ化は無理だな、とあらためて思う。初めからわかってはいたのだ。ただ。単独ものとして売れてほしかった。読者に楽しんでほしかった。

「読むまで時間かかっちゃった。遅くなってごめんね」

「いいよ。読んでくれただけで充分。でも、何、仕事が忙しいの？」

「ううん。そうでもない。読む本がたまってただけ」

ひかるは時計をつくる会社に勤めている。腕時計ではない。置時計とか掛時計とか、そちらのほう。会社は実家のすぐ近くにある。歩いて十分で行ける。だから今も実家に住んでいる。アパートを借りる必要がないのだ。

「ひかるちゃん。梓菜とは、会ってる？」

「最近は全然。ナタっちは？」

「僕も全然」

「大変なんだろうね、お医者さんは。何だっけ。研修医？」

「専攻医」

「あぁ、そうだ。でも安心だよ、梓菜が井草クリニックの先生になってくれるなら。それはウチのお母さんも言ってる。病気になったら入院させてくれないかなとか、そんなことまで言ってるよ」

「入院は無理だよ。クリニックだから」

「大きい病院にしちゃえば？　江東井草病院、みたいな」

「土地がないよ」

「土地は買い占めちゃいなよ。お金はあるんだから」

「ないよ。そんなにあるわけない」

「あそこに梓菜みたいな若い女医さんが来たら、男の患者さんはみんなときめいちゃうね」

「梓菜が来るとしても、もうちょっと歳をとってからだよ。親父もいるし」

「お父さん、井草先生。今、いくつ？」

「五十九」

「そっか。お医者さんなら、あと十年はいけるか」

「引退する何年か前には呼び寄せるだろうけどね」

「わたし、てっきりナタっちが継ぐもんだと思ってたよ」

僕もそう思っていた。高校三年の三月、医学部の受験に全滅するまでは。

「それがまさかの出版社だもんね。頭のいい人たちはちがうなぁって感心したよ」

「ほんとにした？」

「した。転んでもただじゃ起きないよなぁって思った」

「たとえが微妙」

「感謝もしてるよ。本をもらえるし。だから実家を離れられないっていうのも、ちょっとあるかも」

「実家を離れても、本は渡すよ」

「ほんとに？」

「うん」

「じゃあ、出ちゃおっかな。さすがにもう二十七だし。でもこの辺、アパート高いんだよね」

「探せば安いのもあるよ」

「でもワンルームで十万とかいっちゃうじゃない」

「七万ぐらいのもあるはず」

「築三十年とかでしょ？」

「三十年ならそんなに古くないよ」

「ナタっちと同い歳じゃん」

「同い歳って」

「まあ、それを言ったら、ウチも築三十年だけど。いや、改築三十年か。うらやましいよ、梓菜とナタっちのとこが。わたしもお金持ちの家に生まれたかった。医者じゃなくていいけど、お金持ちの家には生まれたかった」

「医者は、いいの？」

「いい。だって、大変じゃない。梓菜を見てて思うよ。お医者さんになるのに十年以上かかるわけでしょ？　つまんない小説なんて読んでる時間ないよね」

「あ、つまんないって言った」

「いや、『バレルハウス・ブギ』がってことじゃなくて。あくまでも一般論」

「一般論で小説がつまんないって言われるのは、もっと困るよ」

「おもしろい小説なんて読んでる時間ないよね、じゃ意味わかんないし」とひかるが笑う。

　僕もつられて笑う。おもしろい子なのだ、昔から。

　中学生のころ、家出してきた、と土曜日の午後に僕の家に来たことがある。そしていつもと同じように梓菜と遊び、夕食の時間には帰っていった。家出は？と尋ねたら、あっと言った。忘れていたのだ。

　じゃあ、そろそろかな、と思ったところで、そのひかるが言う。

「で、ナタっちさ」

「ん？」

「梓菜のカレシのこと、知ってる？」

「え？　できたの？」

「あぁ。やっぱ知らないんだ」

「知らないよ。会ってないから」

「わたしも会ってないけど。最後に会ったとき、できたの。カレシ。そのときに行った合コンで、できた」

「合コン。梓菜も行ったの？」

「うん。ちょうど時間があったから」

「で、カレシができたわけ？」

「そう。そのカレシがね、ちょっとヤバそうなやつなの」

「ヤバそう」

「DV野郎とか、そういうヤバさではないんだけど。平気で二股《ふたまた》かけるとか、そっちのほう。何なら三股四股かけるとか、そこまでいっちゃうみたい」

「あぁ」

「シブサワくん。知らない？」

「知らない」

渋沢朋忠《ともただ》くん、だそうだ。IT関係の会社に勤めているという。

「ひかるちゃんは、何でその渋沢くんがヤバそうだと知ってるの？」

「その合コンね、四対四だったの。女はわたしと梓菜とあと二人。わたしの高校の同級生」

日野亜美《ひのあみ》さんと古木心《ふるきしん》さん、だそうだ。

「わたしたちの合コンに梓菜を呼んだわけ。で、渋沢くん、合コンで梓菜とうまくいったあと、亜美にも声をかけてきたの。梓菜だけ高校がちがうっていう話は合コンのときにも出てたから、梓菜がその二人と親しくないことは知ってた。バレないと思ったんでしょ」

「で、連絡をしてきたと」

「そう。それを、亜美がわたしに話した。あの人にそう言われたんだけど、どうしようって」

「それを、梓菜には？」

「言った。言わないわけにいかないでしょ」

「梓菜は、何て？」

「わかったって。わたしさ、その合コンでLINEのIDを交換した男の子に渋沢くんのことを訊いたの。その子も渋沢くんとはそんなに親しくないみたいだから、それならだいじょうぶかと思って。で、そんな人だとわかった」

「そんな人」

「手が早い人。手が何本もある人」

「それを、梓菜には？」

「言った。そりゃ言うでしょ」

「梓菜は？」

「わかったって。でも別れてはいないみたいなのよね。だから、ナタっちに言っちゃったよ。合コンに誘った身として責任を感じたし。お医者さんになろうと何年もがんばってる梓菜には、変なのに引っかかってほしくないから。ナタっちも、引っかかってほしくないでしょ？」

「引っかかってほしくは、ないね」

梓菜はいつかクリニックを継ぐ。結婚もするだろう。それがどういう形になるのか、そこまではわからない。相手の家に入るのか。こちらに入ってもらい、井草でいつづけるのか。

梓菜自身がどう考えているのかも知らない。僕が口を出せることでもない。兄だから口を出すくらいはしてもいいのかもしれないが、出せない。僕は妹にいろいろ押しつけてしまった兄だから。そんな男はよせ、みたいなことは言えない。

「でも僕がその件で梓菜に何か言ったら、ひかるちゃんが僕に話したことがバレちゃうけど」

「そんなのはいいよ。梓菜のためだもん。ためとか言うのは何かヤラしいけど、おかしなことにはなってほしくない」

「おかしなことには、ならないと思うけどね。梓菜もそこまでバカではないだろうし」

バカではない。僕よりもずっと頭がいい。偏差値だって高いのだ。医者になれるほど。

「ナタっちがそう思うならだいじょうぶなのかもしれないけど。一応、知ってはおいて」

「うん。知ってはおくよ。気をつけてはおく」

「よかった、話せて。わたしもね、どうしようかと思ってたの。ナタっちに言っちゃうのはやり過ぎのような気もしたし」

「僕も聞いてよかったよ。そのことも、本の感想も」

「ごめんね。本のほうは何かキツいこと言っちゃって。作家さんに言わないでね」

「言わないよ」と今はそう言うが。緑さんに、それとなく伝えてみるべきかもしれない。信頼できる一読者の意見として。

「じゃあ、切るね。夜遅くにごめん」

「まだ遅くないよ。ありがとう」

「また本ちょうだいね」

「うん。出たら連絡するよ。実家に預けとく」

「楽しみ。それじゃあ」

「じゃあ」

通話を終える。

いつの間にか立ち止まっていたので、再び日比谷通りを歩きだす。横断歩道を渡り、地下へ。

梓菜、そんなことになってたのか、と思う。

翌日は土曜。久しぶりに彩音も僕も休みということで、前々から予定していた月イチのカフェデートに出た。

六月は銀座で、先月は恵比寿《えびす》。今回は彩音の提案で、近場、日本橋にした。店も彩音が決めた。やはりスイーツの有名店だ。内装は黒を基調にまとめられていた。つかったことのないシックという言葉をつかいたくなった。おしゃれな店ではあるが、前回前々回ほどの高級店ではない。

ケーキはカウンターのショーケースに並べられたなかから選ぶようになっていた。彩音はイチゴのタルト、僕はシュークリームにした。それと、シェアするつもりでロールケーキも一つ。

二人、テーブル席に座った。

「彩音にしては珍しいね、こういう店」

「こういう店って？」

「紙カップでコーヒーを飲むような店」

「あぁ。スタバとかではいつもそうじゃない。たまにはいいでしょ」

休日には少し贅沢をしてカフェで寛ぐ、というのがこのデートの趣旨だから、それには反しているような気がする。彩音がいいならいいが。

シュークリームを食べる。予想どおり、おいしい。おいしくないスイーツなんて食べたことないな、と思う。おれは何を食べてもうまいよ、という横尾さんの言葉を思いだす。

「わたし、ニヘイさんと会った」

「え？」

「カジカワの二瓶さん」

「あぁ」

「『山本ジョン一郎の冒険』の映画化の件で。わたしが担当になったの。というか、自分で手を挙げて、担当にしてもらった」

「そうなんだ」

彩音を二瓶さんにつないだのは、僕。二瓶さんは僕が彩音と付き合っていることを知っていた。彩音が代理店に勤めていることもだ。四月に映画に関わる部署に移ったから、彩音の名刺を渡しておいた。二瓶さんのためというよりは、小柳ファンの彩音のために。まあ、つないだといっても、僕がやったのはそれだけ。あとは彩音自身が動き、そこまでこぎ着けたのだ。さすが彩音。

「で、二瓶さんがアテンドしてくれて、小柳さんにも会った。いろいろ話を聞いたよ」

「よかったじゃない」

「よかった。小柳さんも長く時間をとってくれたし。小説を書いたときのことなんかも聞いた」

「へぇ。ファンだって言った？」

「仕事だからそんなこと言っちゃいけないんだけど、言った」

「言っちゃいけないことはないでしょ。そう言われたら小柳さんもうれしいだろうし」

「本人もそう言ってくれた。サインをもらっちゃおうかと思ったよ」

「もらわなかったの？」

「さすがにね」

「それも、いいんじゃないの？　やっぱりいやな気はしないはずだし」

「そうも言ってくれたから、次の機会にお願いしますって言った。ちゃんと色紙を用意しておきますからって。小柳さん、笑ってた。二瓶さんも笑ってた」

想像できる。そういうとこ、彩音はうまいのだ。場を和ますことができる。接する相手をいい気分にすることができる。頭がいいからできるわけではない。持って生まれたものだと思う。編集者にも、できる人とできない人がいる。僕はできないほうかもしれない。二瓶さんはまちがいなくできる。水冷社の十川さんも、できるほうだろう。

「映画化はさ、かなり前から決まってたの？」と尋ねてみる。

「その前提で動いてはいたのかな。それこそわたしが今の部署に異動になる前から」

「でもあれをどうやって映画化するんだろうね」

山本ジョン一郎は人ではない。犬だ。犬が人間の世界を冒険する。漱石《そうせき》の猫のようなもの。ただ、あの猫よりはもう少し冒険する。自分で動き、物語を動かす。だから映像化は難しいだろう。もしかしたら、山本ジョン一郎を人間にしてしまうのか。でなきゃ、何らかの条件が整ったときだけ人間になれるようにする、とか。

「小柳さんね、次はジョン一郎でいこうと決めてたんだって。これでいいなら映画化もどうぞっていうことだったみたい」

「へぇ」

二瓶さんによれば。小柳さんは大の犬好きだ。だから、『グッド・バッド・マン』の続編が『ドッグ・キャット・マン』になった。そして今回は犬から見た人間の世界を書いた。前からやりたかった企画だという。二瓶さんとの信頼関係があったから、カジカワでそれをやってくれたのだ。

「何かすごいよね。わたし、感心した」

「ん？」

「次のあなたの小説を映画にしたいっていう話が来た時点で、ほかの題材を考えてもいいわけじゃない。それでジョン一郎を書けなくなるわけじゃないんだから。あとまわしにすればすむんだし」

「ちょうどそれを書きたいというか、書けるタイミングだったんだろうね」

「その突き進んじゃう感がすごいよ。ものをつくる人なんだなって思う」

僕もそう思う。でもそれは小柳さんだからやれることだ。言い換えれば、売れに売れてる人だからやれることだ。ボツにされる可能性なんて、小柳さんは一度も考えなかっただろう。

映画になるならないは関係ない。小柳さんの小説は売れる。『山本ジョン一郎の冒険』もすでに売れている。映画にならなくても小柳さんが困ることはない。むしろ、なったほうがリスクも大きくなる。映画が当たらなかったら、小説と一緒くたにして、『山本ジョン一郎の冒険』はつまらなかった、と言われてしまうから。そんなリスクを恐れないという意味で、確かに小柳さんはすごい。

「でね、わたし、ずっと考えてた」

「何を？」

「もっと広いとこに引越そうかって菜種に言われてからずーっと考えてた」

「よくわからないけど」

「もう出ていくね」

「え？」

「アパートを出ていく。一人で暮らす」

「それは、えーと」

言葉が続かない。そこまで来れば察しもつくが、自分でそれを口にする勇気がない。

「終わりにしよう」

「別れるっていうこと？」

「別れるっていうこと。ちょっと一人になろうと思ったの。居候《いそうろう》のままじゃ悪いし」

「居候って。彩音も家賃を出してるじゃない」

出している。僕はいらないと言ったのだが、同棲三ヵ月めあたりから出すようになった。だからこそ僕も考えたのだ。そうやって半分ずつ出すなら、もっと家賃が高くて広いところへ移れるなと。

「一人で住むのはいいとして。別れる必要が、ある？」

彩音はコーヒーを一口飲んで言う。

「と思う」

「どうして、なんだろう」

彩音はそこで間を置く。タルトのイチゴを食べる。

それを見て、僕もシュークリームを食べる。味がよくわからない。こともないが。ただ甘い。さっきはおいしいと感じたのに。

「菜種が大学でボクシングをやりだしたのはおもしろいと思った。ものにならなくてスパッとやめたっていうのも、それはそれでおもしろいと思った。その話を聞いて、わたしは興味を引かれたの。この人おもしろそうだなって。でもさ」

「何？」

「菜種は、その経験をちっとも活《い》かしてないよね。ただボクシングをやっただけ、にしちゃってる」

何だろう。わかるようなわからないような、だ。

「今も走ったりは、してるけど」

「それはみんなするでしょ。ボクシングをやったことがない人でもするよ。わたしが言ってるのはそういうことじゃない」

前向きではない、というようなことだろうか。

「うーん」と言葉が洩れてしまう。

「お医者さんにはなれなかった。でも編集者にはなった。それはすごいよ。でも菜種はそこで止まっちゃってる。その上を目指す感じがない」

「その上？」

「その上」

「って、何？」

「そう訊いちゃうのが菜種」

「いや、ほんとにわからないから」

「別にね、編集長を目指せとか、そういうことじゃないの。ただ、こう、広がりを求めてない感じが、すごくする」

「広がり」

「橋があれば渡ってみるっていうか。そういう姿勢がないような気がする」

そうなのだろうな、と思う。実際にどうなのかは知らない。彩音が見ればそうなのだ。

そこで考えてみる。何をすれば、その姿勢を示せるのか。

またボクシングをやるのか？　ほかの何かをやるのか？　それとも。編集者としてヒット作を出すのか？　そのヒット作を映画化し、僕が監督をします、くらい言うのか？

どれも現実感はない。彩音と僕はすでに終わっているのだろう。僕が今から何をしたところで、言われてやった、にしかならない。彩音もそれを望んでいるわけではないだろう。僕自身も望んでない。

「今日は初めから」と僕は彩音に言う。「それを言うつもりでいたんだ？」

「まあ、そう」

だから近場で、この店だったのだ。いつも行くようなきらびやかな店ではなく。

「住むところを決めたらすぐ出ていくから」

「それは、まだ決まってないの？」

「決まってない。探してはいるけど」

「ここでじゃなく、部屋で言ってくれてもよかったのに」

「それも何かね。こんな話をして、そのあともそこにいるっていうのは、ちょっとつらいじゃない」

「このあとそこに帰るのもちょっとつらいような気もするけど」

「わたし、どこかよそに泊まる？」

「いや、それはいいよ。そういう意味で言ったんじゃない」

「ごめん。勝手なことを言ってるのはわかってる。悪いとも思ってる。それはわかって」

「わかった」

「って、簡単にわかっちゃうの？」と彩音が笑う。

「わかるしかないし」と僕も笑う。笑みに力はない。

彩音はかなり前からもう無理だと思っていたのかもしれない。そんなことを思う。

結局、彩音はこの日のうちにアパートから出ていった。荷物は残したままだが。とりあえず友だちのところに泊めてもらう、と言って。

一度は止めたが、二度は止めなかった。
同棲は、かくもあっさり終了した。

九月の横尾成吾

「前に飲んだとき、ガキに銃で撃たれた話、したじゃん」とおれは弓子に言う。

「うん。でも怒りはしなかったっていう」

「そう。ボツを引きずってそんな気にはならなかったっていう。でさ、今思いだしたんだけど。飲んだあのあとも似たようなことがあったんだよな。今度はガキに襲われそうになった。銃のガキみたいなガキじゃなくて、もう高校生ぐらい。チャリンコ泥棒っぽい二人組」

「襲われそうになった、の？」

「大げさに言った。襲われそうにはなってない。予防した」

おれは弓子にそのことを話した。

飲んだあとの帰り道、公園の前を歩いてたらチャリの二人組が来たこと。二人はチャリを乗り捨てておれと同じ向きに歩きだしたこと。まさかとは思いつつ、警戒したこと。青信号で横断歩道を渡りたい、というふりをして走りだしたこと。結局は何もなかったこと。変なおっさんだと思われただろうな、とおれ自身が思ったこと。

　それを聞いて、弓子は笑った。

「演技したんだ？」

「した。ヤバい。青、点滅。急げ！　みたいに。住宅地で、車は一台も走ってないのに」

「律儀に信号を守るおじさん、だ」

「そう。でも次の青まで待つのはいやだという、前のめりなおっさん」

「確かに驚きはしたろうね、その子たち」

「そう思うよ。前を歩いてたおっさんがいきなり走りだすんだから」

「でもそれ、正解でしょ。百点の行動だったんじゃない？」

「百点て」

「その二人、ほんとにそういう子たちだったんじゃないかな」

「おれを襲おうとしてたってこと？」

「そう」

「ちがうだろ」

「断言はできないけど。そうだった可能性は高いよ。だって、やっぱりおかしいじゃない。そこで自転車を乗り捨てる必要はないわけだし」

「公園のわきだから、乗り捨てるにはいい場所だと思ったんじゃないか？　民家の前とかだとやっぱ目立つから。なかから見られてるかもしんないし」

「だとしても、自転車泥棒だった可能性は高いよね？　自分の自転車をそんなとこには置かないし。置くならカギをかけるもの」

「そう、だな」

「横尾の姿は向こうにも見えてたんでしょ？」

「たぶん」

「で、そこで降りたのなら、ますますあやしいじゃない。カモを探してて、見つけたのよ。坊主頭でちょっと怖いけど、細身なのは遠目でもわかるしね。二人ならどうとでもなるでしょ。ナイフとか持ってれば」

「持ってたのかな」

「本物なら、持ってたんじゃない？　丸腰ってことはないはず」

「でも本物なら、追いかけてくるんじゃないか？　こっちはおっさんで向こうは若いんだし」

「深夜に男三人が本気で走ってたら、それはもう大ごとじゃない。追いかけられてるとわかったら横尾も声を出すだろうし。向こうだって出すでしょ。そうなったらマズいよね」

「うーん」

「だからあきらめたんでしょ。横尾が走りだして、気づかれたと思ったから。よかったんだよ、逃げて」

「そう言われると、そんな気もしてくるな」

「逃げてなかったら大変なことになってたかもよ。深夜の路上で作家刺される。そんなニュースになってたかも」

「そこまではならないよ。大した作家じゃないし」

「なるよ。本を出してる作家なら、それだけでもう有名人扱いされる」

「おれでも？」

「横尾でも」

「じゃあ、それで本が売れるかもな」

「バカかよ」と弓子が笑う。

おれも笑う。

それぞれにグラスのビールを飲む。二杯めのハーフ＆ハーフ。

今日もまた銀座のビアバーだ。二人、カウンター席で飲んでる。前回は五月だったから、まだ四ヵ月しか経ってない。おれらにしては早いペースだ。ここ最近は多くても年二回だったから。

今回はおれが誘った。日本橋と銀座の街の取材をするべく、午後から出てきてたのだ。で、どうせならと弓子に声をかけた。今日の今日だから無理だろうとは思ったが、ちょうどいい、と弓子は言った。今日なら早く出られる、と。

取材自体は大したものではない。そのもの、街の取材。この道はどんな感じだとか、ここからこのビルはどう見えるとか、そういうことを確認したかった。写真や画像だと、街の空気までは伝わらない。その場に立たなければわからないこともあるのだ。

「そういうのって、紙一重のことなのよね」と弓子が言う。「何かが起きる起きないって、ほんのちょっとのことで変わっちゃう」

「あぁ。五十センチ右にずれただけで死ぬなんてことは頻繁にあるもんな。まず、道を歩いてるときはたいていそうだし」

「でも普通は何も起こらない。起こらなければ、それですんじゃう。起こらなかったことには気づけないから。そういうことを、横尾はよく小説で書いてるよね」

「書いてる、か？」

「書いてる。そうなってたかもしれないってことを、読者に想像させてる」

「それは、あんまり意識してなかったな」

「意識して書けるものでもないんでしょ、きっと」

「自分で言葉を操れてるような気がするときもあるけど、自動的に書いてるような気がするときもあるんだよな。流れに乗っちゃってるというか、乗らされちゃってるというか」

「それはいいことなんじゃないの？」

「そう思いたいよ」

「そこをうまく導くのが編集者の役目なんでしょ。って、わたしもよく知らないけど」

「おれもよく知らない。新人のころはさ、編集者は何のためにいるんだろうって思ってたよ。校閲者は必要。それはわかるんだ。誤字脱字があったり事実関係に齟齬《そご》があったりしちゃマズいから。でも編集者は何で必要なんだろうと思ってた。作家が書けば終わりだろ、何で他人が監督すんだよって。野球とかサッカーとかならわかるよな。チームなんだから監督は必要。ただ、作家は個人も個人だからな」

「監督ではないんでしょ」

「そう。製作なんだよな。プロデュース。本そのものをつくりあげる」

「プロデューサーって見えづらいもんね。知らない人には、何をやってるかわからない」

「小説の場合は、作家が監督と役者で編集者がプロデューサーなんだろうな。で、プロデューサーは作品全体を見るから、内容にも口を出す。時にはボツにもする」

「引きずってるねぇ、ボツを」

「引きずってるつもりはないんだけどさ、まあ、冗談にはしたいよな」

「新しい編集者さんとはうまくやってるの？」

「やってる。とおれは思ってるよ。というか。前の人ともうまくはやってたよ」

「でしょうね。何だかんだで横尾はうまくやるから」

「おれ、うまくやる？」

「うまく引く、という感じかな」

「それはそうかも。確かにすぐ引くな、おれは」

「追いかけないもんね」

「大学のときもそうだったし」

「ん？」

「ほら、えーと、坂根《さかね》さん」

「坂根、絹穂《きぬほ》？」

「そう」

「懐かしいな」

「ちょっと付き合ってたよね？」

「ちょっとな。カノジョとは言えないくらい、ちょっと」

「すぐ別れた。追わなかった」

「よく覚えてんな」

「何で追わないのよ、もったいないじゃんて思ったからね。坂根さんて、かなり人気あったじゃない。狙ってる男子もたくさんいたし」

「やっぱいたんだ？」

「いたでしょ」

「なら追わなくてよかった。ほかの男子と競わなくてよかった。おれじゃ勝負になんない」

「そのあとのカノジョは？」

「あの人も、カノジョとは言えないよ」

「言えるでしょ。一年ぐらいは付き合ったよね？」

「一年はいかなかったんじゃないかな」

森島加弥《もりしまかや》だ。おれより一つ上。大学はちがうが、バイト先が同じだった。銀座のレストランバー。今はもうない店。

加弥は市役所の職員になった。連絡はとり合ってたので、おれが会社をやめて小説を書きだしたことも知ってた。一度だけ原稿を読ませたこともある。そして。何故かそんなようなことになった。付き合うようになった。

一年もたなかった。原稿を読ませたのは付き合う前だから、こりゃダメだ、と思われたわけではないはずだ。単純に、おれとの先が見えなかったのだろう。ある日突然、好きな人ができた、と言われた。そうか、とおれは言った。もちろん、追わなかった。

というようなことも、弓子に話してた。そのころも飲みには行ってたから。

おれも弓子のことを少しは知ってる。一度プロポーズされ、断ったことも知ってる。もう？　と思ったのよ。と弓子は言った。早すぎでしょ、と思ったのだそうだ。それが三十になる前ぐらい。その後はそんな話も聞かない。

弓子とはいろいろなことを話してきた。小説のことも話したし、おれ自身のことも話した。

かつて弓子はおれに言った。男女間で友情は成り立つとか成り立たないとかそういう話、ほんとにくだらないわよね。成り立つわよ。友だちと呼べそうな全員とセックスするわけないんだから。

弓子のそういうところが好きだ。何だろう。楽なのだ、弓子といると。で、弓子はおれの友だちだ。友だちは、心から信頼できる人が一人いればいいような気がする。もしもその一人が亡くなるなどしたら。代役を立てたりはせず、そこからは一人でいればいいような気もする。

三杯めのハーフ&ハーフを飲んで、弓子がおれに尋ねる。

「新しい小説はどう？　新しいことが書けてる？」

「新しいことなんて書けないよ」と答える。「おれは自分が書けるものを書いてるだけ」

「それでいいんでしょ。やっぱり横尾自身が気づいてないだけで、何かしら新しいものは生まれてるんだろうし」

「生まれてんのかな」

「今でもね、たまに読んで驚くことがあるよ。あ、これまでの横尾とはちょっとちがう、とか。ずっと書いてるんだから、動いていかないわけないよね」

「まあ、変わってはいくよな。実際、『脇家族』のころとはだいぶちがってきてるし。よくも悪くも、あの感じではもう書けない」

『脇家族』って、すごいタイトルだよね」

「何で書いたのか、自分でもわかんないよ。たまたま新人賞をもらっただけで、あれが特別なわけでもないし」

「次を出すまで、結構かかったよね？」

「かかった。あれもダメこれもダメって言われて。このまま次を出せないで終わる可能性もあるなぁ、と思ってたよ」

「でも出せたじゃない」

「どうにかね。キャリアがものを言ったよ。何年も書きつづけてきたって意味でのキャリア。書きだして二、三年で賞をもらってたらヤバかった。何を書いていいかわかんない、になってたろうな」

「長かったよね、暗黒時代」と弓子がその言葉を出す。

おれが普通に言うから、弓子も普通に言うようになってるのだ。

「まだ続いてるけどな」

「続いてるの？」

「余裕で続いてるよ。五十でワンルーム暮らし。ギリ食えてるだけ。この先もずっと続くだろうな」

「横尾はそれを楽しめちゃうからね」

「楽しんでるつもりはないけど。結果、そうなってはいるか。そうするしかないし。こないだ益之と荻原と久しぶりに話してさ。あぁ、やっぱおれは普通の五十じゃねえんだなと思ったよ。あの二人だからどうにかなったけど、中学高校の同窓会とかに行ったら、誰とも話が合わないだろうな」

たこわさをつまむ。うまい。五十にもなると、こういうものが本当にうまい。

弓子が言う。

「死ぬまで暗黒時代っていうのも、実はそんなに悪くないよね」

「そうか？」

「うん。だって、暗黒にいれば、光は感じられるわけだから」

「お、すげえ。溝口、作家みたい」

「バカにしやがって」と弓子が笑う。

「してねえよ。ほんとにそうだと思う。おれみたいな暮らしをしてるとさ、さつま揚げに割引シールが貼られてるだけでうれしいからな。これ、マジで」

「横尾ってさ」

「何？」

「弱そうに見えて、強いよね」

「強くはねえよ」

「今の時代、生き残っていけるのは横尾みたいな人なのかも」

「生き残らなくていいよ。おれは書きたいだけ。長生きしなくていい。おれが毎日歩いたりすんのは、長生きしたいからじゃなく、ベストで書ける状態を保ちたいからだし」

「ベストな状態、か」

「体に痛みがあると、やっぱ書けないしな。おれが花粉の薬をずっと飲みつづけるのもそのためだよ。ノドに痛みが出ると、書くのに集中できないから。それはマジでつらい」

「確かにね、体が痛かったりダルかったりするのはつらいよ。何をするのもつらい。わたしもがんやってるからわかる」

「え？」

さすがに聞き逃さなかった。その言葉を聞き逃すわけがない。聞き流せるわけがない。

「がん、て言った？」

「うん。子宮頸《けい》がん」

「おい、ちょっと。ほんとかよ」

「ほんとだよ」

「聞いてないよ」

「言ってないもん」

「いつよ」

「告知されたのは、四十七のとき」

「ほんとかよ」

「だからほんとだって」

「疑ってるわけじゃなくて。何で言わないんだよ」

「普通言わないでしょ。自分の子宮のことを、男に」

「いや、子宮のことってわけでもないだろ、それは」

「だいじょうぶなのか？　今は」

「だいじょうぶ。定期的に検査はしてるけど」

「手術とかを、したわけ？」

「した。全摘出術ではないけど。円錐《えんすい》切除術っていうの。悪い部分は切除できたと、お医者さんからは言われてる。ただ、再発したら、そのときは全摘になるみたい」

「再発、しないのか？」

「それはわからないよ。わたしだってお医者さんだって、絶対にしないとは言えない」

「まあ、そうだけど」

「もししたら、余命の確率は低くなるみたい」

「マジかよ。誘っといて言うのも何だけど。酒飲んでだいじょうぶなのか？」

「今はだいじょうぶ。普通に飲んでるし。前よりは少し抑えるようになったけど」

「いやぁ」

「何？」

「参った」

「何でよ」

「いや、参るだろ、そりゃ」

知らなかったとはいえ、おれは弓子に、長生きしなくていいと言ったのだ。似たようなことはこれまでも何度か言った。書けなくなったらおれが生きてる意味はない、とか、そうなったら死ねばいいと思ってる、とか。いやぁ。参った。

「よく思いだしてもらえばわかるけど。横尾とも、その時期は一年ぐらい会ってないのよ。さすがにこんなふうにお酒飲んだりもできなくて」

「言われてみれば、そうだったかも」

「二回続けて断ったりしたでしょ？　仕事が忙しくて、とか言って」

「うん。そうだった」

本当に忙しいのだと思ってた。会社で立場が上になってあれこれ大変なのだろう、と。それだけではなかったのだ。

「こないだ、花粉の薬を飲まなかったって言ってたじゃん。あれは、だから？」

「ちょっとはそれもあるかな。あくまでも気持ちの問題でね。飲まなくてすむ薬はなるべく飲みたくないっていうか。たぶん、横尾ほど花粉の症状はひどくないし」

「何か、ごめん」

「は？　何よ」

「いや、いろいろと、勝手なことというか、無神経なこと言っちゃって」

「やめてよ。知らないんだから、言うでしょ。わたしも流れでつい言っちゃった。ごめん。言わなきゃよかった」

「いや、聞いてよかったよ。言ってくれてよかった」

「深刻に考えないでよね。今はだいじょうぶだから」

「ほっといたら、ヤバかったんだよな」

「ほっといたらね。でも早めに気づけたし」

「仕事も、してだいじょうぶなのか？」

「だいじょうぶ。手術から二週間ぐらいで復帰したし」

「会社は、知ってるんだよな？」

「もちろん。そこそこ休まなきゃいけないから、話したよ」

「会社のことはよくわかんないけど。それでやめさせられたりってことは、ないんだよな？」

「ないでしょ。働ける人間をやめさせたりはしないわよ」

「働けなくなったらやめさせるってことか？」

「それは何とも言えない。まったく働けなくなったらいつまでもいさせはしないだろうけど、まあ、それはそうよね。自分だって、いつづける気にはならないだろうし。そんなことは言っても始まらないよ。誰だって同じ。横尾だって同じじゃない。いつ書けなくなるかもしれない。そうなったらわたし以上に大変。出版社が面倒を見てくれたりは、しないでしょ？」

「しないな。雇用関係にあるわけじゃないし」

「だからわたしもね、がんだって言われたとき、横尾なら大変だなって思ったよ」

「おれのことはいいから、自分のことを思えよ」

「思ったわよ。目の前が真っ暗になった。まだ四十七で、そんなの想定してなかったから」

「そう、なるよな」

「そこで横尾登場。フリーの横尾ががんになるよりはましか。そう考えて、切り換えた」

「そのときに言ってくれりゃよかったのに。考えるだけじゃなくて」

「言えないよ。というか、言わないよ。会社の人以外で言ったのは横尾が初めて。時間も経ったし、こんなふうに話してるのに言わないのも変かなぁ、と思って、つい言っちゃった。ちょうどあんな話になったから」

ビールを三杯ずつ。この日もそれで終わった。いつもどおりではあった。またね、あぁ、と言い合って、別れた。

東京駅まで歩き、電車に乗って、みつばに帰った。

住宅地を歩くその足どりは重かった。チャリの二人組に狙われたとしたら、今日は逃げられないだろう。そう思った。おれから金を奪い、殴ろうともする二人に言ってしまいそうだ。友だちががんになったんだよ。おれはそれを知らなかったんだよ。と。

弓子のことは尾を引いた。引きまくった。

それでも、生活のペースは崩さないよう努め、おれは書いた。書きつづけた。

予定ではあと一週間で第一稿が完成。というときに台風が来た。すごいやつがだ。

一晩じゅう、荒々しい風が吹いた。窓に下ろしたシャッターがバリバリ言いつづけた。

ベランダで猪が暴れてるみたいに。

どうにか眠り、いつものように午前四時台に目が覚めた。

いつもとは何かがちがう感じがした。それが何なのかわからないまま、無駄に想像しない、無駄に休まない、無駄に求めない、無駄に守らない、を言って、ガバッと起き、電気のスイッチを押した。が、蛍光灯は点《つ》かなかった。

ん？

オフにして、オン。それを三度くり返した。

停電だ、とやっと気づいた。いつもとちがう感じはそれだった。部屋が真っ暗だったのだ。パソコンのモデムが放つ小さな光までもが消えてたから。

マジかよ、と思った。パソコンを立ち上げる気にはならなかった。充電されてるからつかえはするはずだ。だがいつバッテリーが切れるかとビクビクしながら書きたくはない。

そこで、二度寝した。普段なら無理なのだが、事情が事情。いつの間にか眠りに落ちた。

再び目覚めてみると、今度は午前七時台。玄関のドアの覗《のぞ》き窓から微かに入ってくる光で、すでに外が明るいことがわかった。が、モデムの光はやはり消えたままだ。

無駄に想像しない、を省いて立ち上がり、電気のスイッチを押してみたが、蛍光灯は点かなかった。

マジかよ、とまた思った。スマホの充電も四十パーセントとあやうい。蜜葉市、停電、で検索した。午前二時台から停電してることがわかった。五時間以上。そんなに長いのは初めてだ。

台風そのものは過ぎ去ったらしく、風は収まってた。九月とはいえ、夜の時点で気温はかなり高かったが、台風一過でさらに高くなった。まちがいなく、三十度超。真夏の暑さだ。

仕事にならないので、この日は早めに買物に出た。

あせった。まず、最寄のコンビニが閉まってた。停電のせいで、ではない。いや、それもあるのだろうが。出入口の上の壁がボロボロと崩れてるのだ。

あちこちの家の屋根の瓦《かわら》が飛ばされてもいた。何か当たったということなのか、風そのもののせいなのか、二階の窓が割れてる家もあった。駅前のスーパーも閉まってた。臨時休業との看板が立てられてた。信号も消えてた。車は自発的に速度を落とし、おっかなびっくりで走ってた。

ここまでのことだったのか、と驚いた。震災のときを思いだした。コンビニもスーパーも閉まってるなんて、まさにあのとき以来だ。

アパートに帰り、またフトンに寝転がった。何だよ、と何度もつぶやいた。気温はどんどん上がり、部屋にいるだけで体はじっとりと汗ばんだ。シャッターも窓も開けてるが、風は入ってこなかった。少しも吹いてないのだ。昨夜はあんなに吹いたのに。

冷蔵庫には、納豆のパックが二つとキムチとペットボトルのお茶しか入ってなかった。冷凍庫では、冷凍食品のかぼちゃが解けだしてた。

電子レンジがつかえないから、パックのご飯を温めることはできない。しかたなく、納豆とキムチとかぼちゃを食べた。夜まではもたないかも、ということで、納豆は一気に二パック。キムチもいつもの倍。解けだしてたかぼちゃは、デザートのシャーベットのつもりで食べた。

幸い、トイレの水は流せた。それはたすかった。マンションはヤバいだろうな、と思った。なかにはトイレの水を流すのに電気をつかうところもあると聞く。流れないなら、バケツに水をためて流すしかないだろう。

冬でなくてよかった。とは思えなかった。今が春か秋なら思えたかもしれないが、夏は無理だ。むしろ冬よりつらいかもしれない。冬のエアコンなしも厳しいが、夏のエアコンなしも厳しい。それがよくわかった。

冬は、最悪、フトンに入ればいい。何をすることもできなくなるが、とりあえず寒さはしのげる。夏は難しい。熱い空気からは逃げられないのだ。水のシャワーを浴びればひとまずどうにかなるが、あくまでも一時しのぎ。シャワーを浴びつづけてはいられない。

結局、丸一日、何もせずに過ごした。電気が来てないから何もできない。あち〜、と百回は言いながら、本を読んだ。自分の本。デビュー作の『脇家族』を久しぶりに読み返した。おもしろいな、とは思えたが、暑さでなかなか集中できなかった。

どうにか時間をやり過ごし、晩メシにはカップラーメンを食べた。こんなときのために一つだけ買い置きしてるのだ。いつもは賞味期限が切れる直前に食べる。そしてまた買っておく。それが初めて役に立った。ガスが生きててくれてよかった。備付けのコンロにも電気が必要ならヤバかった。

その夜は本当に暑苦しかった。まさに暑くて、苦しかった。

おれの部屋は板張り。冬は寒いが、夏は涼しい。というか、そんなには暑くない。エアコンも除湿だけで充分だし、夜寝るときにつけることもほとんどない。だが今日は無理。つけるべき日だった。なのにつけられなかった。

部屋は一階なので、窓を開けて寝るわけにはいかない。部屋に熱気がこもった。空気が顔と体にまとわりついてきた。お湯のなかにいる感じだ。とにかく逃げ場がなかった。エアコンをつけられるのに電気代をケチってつけないのとつけたいのにつけられないのとでは雲泥の差があった。受ける圧がちがうのだ。屋内でも熱中症にはなる。これなら五十歳でも死ぬかもしれない。本気でそう思った。

眠っては暑さで目覚め、を何度もくり返し、どうにか朝を迎えた。迎えたところで何も変わらない。それからはさらに暑くなるだけ。

まさかの停電三日め。コンビニも閉めてる店が増えた。開いてる店もあったが、弁当や総菜は置いてなかった。パンの棚も空だ。

これはもう無理だと判断し、脱出を図った。幼稚園年少時代の小脱走とはちがう。文字どおりの脱出。

遅れは出てたものの、電車は動いてた。おれはみつばから三駅先に行き、ショッピングモールに入った。充電が残りわずかのスマホでササッと検索したので、その辺りが停電地帯でないことはわかってた。初めから停電してないのだ。

そこには日常があった。すべてが通常どおりに動いてた。コンビニもやってたし、スーパーもやってた。各所でエアコンも利いてた。

おれはカフェに入り、一日半ぶりに冷房を味わった。コーヒーよりもそちらを全力で、いや、全身で味わった。それでもしばらくはダルさが続いた。かなりくたばってたのだ。

昼メシには牛丼を食べた。紅ショウガをたっぷり入れてガツガツ食い、お茶もガブガブ飲んだ。それでやっと生き返った気がした。

その昼メシをすませたのが午後一時すぎ。まだ陽は高い。久しぶりに映画を観ることにした。そのショッピングモールにはシネコンもあるのだ。まあ、それは初めから考えてた。映画を観るしかないだろうな、何なら二本観ることになるかもな、と思ってた。観るものは何でもよかった。どうせなら観たいものを観たいが、今は緊急事態。おれは暑さを避けられる場所にいたいだけなのだ。上映開始時刻がちょうどいいもの、待たなくてすむもの、という基準で選んだ。邦画。テレビドラマの劇場版、になった。

チケットを買い、館内に入った。平日の午後。見事なまでに空いてた。百何人入れるそこには観客が二十人もいなかった。

本編の前に流される映画泥棒のあれを久しぶりに見た。おれが知ってるものとはちがってた。あらためて、映画自体を久しぶりに観るのだと気づいた。邦画ということで言えば、『キノカ』以来かもしれない。

あれは一応、二回観た。原作者として、前売券を二枚もらってたからだ。もっとほしいと言ってればくれてたのだろうが、渡す相手もいないのでそうは言わなかった。その二枚でさえ、少々持て余した。

弓子を誘おうかと思ったが、思った瞬間、笑ってしまった。二人で映画を観るおれと弓子。変だ。夜に会って酒を飲み、しょうもないことを話す。それ以外のことをしてるおれらを想像できなかった。

だから、一人で二回観た。さすがに自分が原作を書いた映画の前売券を捨てるのはなしだと思って。

『キノカ』はそこそこ楽しめた。まさに原作者だからだろう。ここはこうしてあそこはああしたのか。そんなふうに考えながら観られた。主演が鷲見翔平さんなので、ヘリのパイロットの岩倉洋馬はかなりカッコよくなってた。映画自体、誰もが楽しめるようにうまくつくられてた。

と、まあ、『キノカ』のことを思いだしながら、テレビドラマの劇場版を観た。

自分が楽しめたのかどうか、よくわからなかった。最近はそんなことが多い。わからないということは、楽しめてないということだろう。映画がつまらないわけではない。たぶん、おれの感覚がもうついていけないのだ。

映画を観終えたのが午後四時すぎ。その時点で、もう一本、という気持ちはなくなってた。それもやはり衰えからくるものだろう。映画を二本続けて観るのはしんどいと感じるようになってるのだ。

その後またカフェに入り、また牛丼屋にも入った。久しぶりに食べた牛丼がうまかったので、夜もそれでいいやと思った。もちろん、安さに後押しされたという理由もある。

暗くなっても、まだまだ外は暑かった。スマホでサッと検索した結果。みつばの停電はなお続いてることがわかった。今夜もあれならヤバいな、と真剣に思った。ホテルに泊まるとか、そういうことも検討するべきかもしれない。

電車を降り、駅からは歩いた。

駅とその周辺は明るかった。が、ちょっと行くと暗かった。そのコントラストが峻《しゅん》烈《れっ》だった。通りを一本挟んではっきりと変わるのだ。先は森のように暗い。足を踏み入れるには覚悟がいる。自分が住んでる場所なのに。

そこまで暗いと空気も止まった感じになることがわかった。光はある意味、動きなのだ。光線が伸びる。伸びつづける。そこには動きがある。暗黒にいれば、光は感じられるわけだから。弓子が口にしたその言葉を思いだす。

電柱のわきに高所作業車が駐まってた。カゴに人が乗って、何やら作業をしてる。午後八時台にそれ。期待した。しすぎないようゆっくりと歩き、アパートに戻った。

復旧した瞬間、には何故か気づかなかった。が、おれが住むアパート、カーサみつばは、いつもの姿でそこにあった。つまり、外灯が点けられた姿でだ。

「よしっ」と声が出た。

昨日からずっと毒づいてた電力会社に、一転、感謝の意を伝えたくなった。電柱のところに戻り、ほんとにそうしようかと思った。しなかったが。

部屋に入ると、そこもいつもの感じだった。モデムの光も点いてた。安物の冷蔵庫も、ちゃんと微かにうなってた。

電気のスイッチを押した。蛍光灯が点いた。消して点け、また消してまた点けた。そしてリモコンのボタンを押し、エアコンをつけた。いつもはちょっとうるさく感じられる作動音が耳に心地よかった。さっそく出てくる冷風も頬に心地よかった。

「おぉ」とこれも声に出して言った。「うれしいぞ。おれはうれしいぞ」

喜ばせといてまた停電、なんてこともあるかと思い、さっそくスマホを充電した。

次いでパソコンを立ち上げ、ネットでニュースを見た。

送電線をつなぐ鉄塔。高さ五十メートルぐらいあるあれが無残に倒れてる画像が目に飛びこんできた。これはヤバいだろ、と思った。蜜葉市の停電は解消したが、まだその見込みすら立ってない地区も多数あるという。

おれが停電に見舞われたのは二日弱。それでもキツかった。体力面でも仕事面でも、かなりのダメージを受けた。

で、そのことは誰も知らない。ゲリラ豪雨のときもそうだったが。今回もおれが右往左往したことは誰も知らない。

そういうことなのだ。一人で生きるというのは。

十月の井草菜種

十月一日。同期の黒滝麻織が異動になった。文芸図書編集部から宣伝部へ。

少し意外だった。

麻織は僕と同期だから歳も同じ。三十歳。営業を経験して編集へ、という流れも同じだが、僕よりは一年早く編集者になっている。だから出るのも先と考えればおかしくはない。おかしくはないが、早い。いや、もう五年半経つから一概に早いとも言いきれないが、それでも早いと感じてしまう。赤峰さんのような、編集から編集へ、の異動ではないからかもしれない。宣伝なら編集とはそう遠くもないが、そう近くもない。やはりちがう仕事という感じはしてしまう。

文芸編集でヒット作を出せなかったらよそへ異動させる。そんな話ではない。ウチに懲罰人事はない。ただ、適性を見るという意味では、それも判断の基準になるだろう。ヒット作を出せないのだから適性はない。そう見られる可能性はあるということだ。

ヒット作を出せるかどうかには、編集者の力以外にも多くの要素がある。誰だって、小柳大さんを担当すればヒット作は出せる。でもそれでは評価されない。最も高く評価されるのは、新人作家を発掘してヒット作を出したときだろう。あまり売れていなかった作家を担当してヒット作を出す。これも評価はされるはずだ。僕で言う横尾さん。

麻織はどうだったかと言うと。これは明らかにヒット、と言えるようなものは出していない。が、出すものすべて初版止まり、というわけでもない。重版がかかったものもいくつかある。評価が低かったとは思えない。

事情は少しあとになってから知った。麻織から直接聞いたのだ。

遅めの昼食をとろうと社屋を出たとき、ちょうど麻織と会った。では一緒に、となり、近くのインド料理屋に入った。

そこで、麻織が異動願を出していたことを知った。

ちぎったナンをマトンカレーにつけて食べながら、僕は尋ねた。

「新しいとこはどう？」

麻織はこう答えた。

「これまでとはちがう仕事だから大変。気分転換どころじゃない。もう、毎日必死」

「気分転換、なの？」

「気分ではないか。それじゃ小さい。気持ちだね。気持ちを換えたかった。このままだと、何ていうか、本が嫌いになりそうだったから」

「嫌いに」

「うん。昔から本をたくさん読んで。読むことがどんどん好きになって。出版社に入りたいと思うようになって。どうにか入れて。編集者になりたいっていう希望も出して。どうにかなれた。なれたのに、ここ二年ぐらいはずっと、あれ？　って思ってた」

「そうなんだ」

「別にね、作家さんにいやなことを言われたとか、上にいやなことを言われたとかじゃないの。そんなことも実際にあるけど、それはどんな仕事だって同じだし。だから、そういうことではない」

「じゃあ？」

「いつの間にか、本を読みたくないと思うようになってた。それに気づいたら、読むのが苦痛になっちゃって。文字をただ目で追うだけで、内容があんまり頭に入ってこなくなった。攻める読書というか、積極的に読みにいく読書ができなくなった。流しちゃうのよ、全部」

　僕らは多くの本を読む。話題になったものはたいてい読むし、新人賞の応募原稿も読む。編集者だからといって、速読できるわけではない。読みなれていない人よりは速いだろうが、極端に速くはない。それで読書の質が下がるのだとすれば、速く読むことに意味はないのだ。

　僕の場合、三百ページの本なら四時間はかかる。かかるというよりは、かける。考えながら読む。何かを拾いにいく。

　一方で、考えすぎないようにもしている。編集者目線に偏るのも、それはそれで危険なのだ。読者はそんなふうに本を読まない。流したりもする。その流すという感覚も常に意識して読む。

自分の時間をつかって読むこともある。そのほうが多い。勤務時間に読んでいたら、仕事はまわらないのだ。だから家に帰っても読むし、休みの日にも読む。仕事とはいえ、読書は読書。自分のためにもなる。仕事を持ち帰っている、という気にはならない。

でもそれが。読みたくない、になったら、確かにつらい。

「読まされてる、と感じるようになっちゃったのかな」と麻織は言う。「好きだからこそ、反動が出たというか」

それは少しわかる。好きなことを仕事にする。理想は理想だ。でも仕事となれば、負の面も出てくる。それが見えると、つらくもなる。好きだからこそ、つらさは何倍にもなる。

「だからね、異動願を出したの」

「いつ？」

「五月かな。連休明け」

「で、十月にもう異動だ」

「そう」

逆ならそうはならなかっただろう。編集をやりたいという人のほうがやはり多いから。スタートからして、そう。多くの人が、編集者になりたいから出版社に入る。配属の希望を訊かれたら、文芸編集や雑誌編集と答える。

「やめることとは、考えなかったんだ？」

「それは、考えなかった。好きは好きなの。だから離れたくはない。編集に戻りたくなることもあると思うし。まあ、自ら離れた人間を簡単に戻してくれることはないだろうけど」

「編集者なら、なくはないでしょ」

「わたしもそう思うことにしてる。でもね、結果、異動してよかったよ。宣伝のことを知っておけば、編集にも役立つはず。四十になって新しいことをやるよりは、三十の今でよかった」そして麻織は言う。「菜種はどう？　楽しく本読めてる？」

「どうにか」

「ならよかった。編集者でいられる幸せを噛《か》みしめなよ」

「うん。といっても、僕は編集者志望ではなかったんだけど」

「そうなの？」

「そう。編集者になりたくて出版社に入ったわけでもないし」

「じゃあ、何で入ったの？」

「おもしろそうだから、かな。ほら、出版社って、何をやってるかわかりやすいし。今、よくわからない会社もあるじゃない。その会社のイメージとはちがうこともやってたり」

「あぁ。不動産に手を出してたり、金融に手を出してたり」

「出版社でそれはないと思ったんだよね。手を出すにしても出版に関連したことだろうから、いきなりまったく無関係な部署にまわされることもないだろうと」

「はい、じゃ、君は今日からカジカワバンクね。とやられても困るもんね」

「困る。ほんとに困るよ。金融のことなんて何も知らないから」

「でもさ、入ってからは編集を希望したんでしょ？」

「うん。さすがに人事とかを希望するのは変だし」

「それがよかったのかもね」

「ん？」

「その、編集との距離が」

「距離」

「編集の仕事と菜種との距離。それを保ってられるから、うまく向き合えるのかも」

「うまく向き合えてないけどね。ヒット作も出せてないし」

「それはまた別の話。わたしだって出せなかったよ。運もあるでしょ。編集者の能力が百でもヒット作が出ない可能性はある。作家の能力までもが百だとしても出ない可能性はある。といっても、わたしの能力は五十程度だったけど」

「なら僕は三十だ」

「そんなことないよ」

「じゃあ、二十？」

「下げないでよ」と麻織が笑う。「いくつかは知らないけど、五十よりは上。少なくとも、今こうなってるわたしよりは上。北里さんも菜種には期待してると思うよ」

「してないでしょ」

「してなかったら、赤峰さんのあとを菜種にはしないよ」

「どういうこと？」

「赤峰さんは、横尾さんの原稿をボツにしたんでしょ？　北里さんも同意はしただろうけど、それってやっぱり大きいことじゃない。新人ならともかく、横尾さん。もう十冊以上出してる人だよね。結構なトラブルになる可能性もあったよ。人によっては怒るでしょ、何度も直させといて何なんだって」

「横尾さんは怒らなかったみたいだけどね」

「だとしても、そのあとにいい加減な人はつけられないって。そこでトラブルになったらそれこそ終わり。次は横尾さんだって怒るよ。そのあたりは考えてるでしょ、北里さんも。だから菜種をつけたんだよ」

「何で、僕？」

「菜種は人を怒らせない。いやな気分にさせない」

「させない？」

「させないよ。させる人なら、わたしもこんなこと話してない。こんなふうに自分のことは話さない」

「そうか。赤峰さんの後任になったのはそういうことか」僕はふざけてこう続ける。「編集の能力を買われたわけじゃなかったんだ」

「菜種はがんばってよ。横尾さんの新作が出たら、わたしも全力で宣伝するから」

「全力で宣伝。いいね」

「駅前で宣伝してる感じだよね。横尾成吾の新作発売！　みたいな看板を持って。飯田橋の駅前で、ほんとにやろうかな。やろうよ、二人で」

「僕も？」

「菜種は、担当者激推し！　みたいな看板を持つの。看板には、菜種のほうに矢印を向けて、これ担当者って書く」

「担当者自身が推すのは当然でしょ。どうせならほかの人がやってくれないと。北里さんとか」

「北里さんはいいね。編集長激推し！　その言葉は強いよ。やらせちゃおうか。最近腰が重い四十九歳に」

「それは宣伝部の判断にまかせるよ」

「了解」

そんなことを言い合い、僕はお代わりのナンも食べて、店を出た。

社屋へ戻り、麻織と別れて自分の席に着く。

そうか、と思い、少し笑う。僕は人を怒らせないと思われてるのか。人を怒らせない僕が、ボクサーになろうとしてたのか。

何にしても。今回の人事異動。同い歳の編集者二人はいらないからどちらかを削ろう、となったのではないわけだ。そのことにまずほっとした。でもそれは、見方を換えれば、僕が生き残ったわけではないということも意味している。次の四月で僕も異動、となってもおかしくはないのだ。

「おぅ、菜種。いたか」と声をかけられる。

二瓶さんだ。小柳さん担当の。

「昼行ってました」

「ちょっといいか?」

「はい」

立ち上がり、二瓶さんのあとについていく。二瓶さんは休憩スペースに行き、そこのイスに座った。僕も向かいに座る。

無駄に時間はかけない。二瓶さんはすぐに言う。

「菜種さ、ほんとにカノジョとは別れたんだよな?」

「え?」

「代理店のあの人。石塚さん」

「あぁ。はい」

小柳さんに会ったと彩音から聞いたことも、僕自身が彩音と別れたことも、二瓶さんには伝えていた。彩音は今や二瓶さんの仕事の関係者。何か誤解があると困るからだ。

「まちがいないな？」

「ないですけど。何でまた」

「実はさ、小柳さん、次は広告業界を書こうとしてんのよ」

「へぇ」

「まだ仮だけど、タイトルも決めた。『コピー・キャット・ウーマン』」

「またその感じですか」

「そう。模倣者を意味するコピーキャットとバットマンに出てくるキャットウーマンをつなげた。コピーには広告のコピーの意味もある。それで小柳さんが石塚さんを取材することになった。広告業界の人をってことで」

「あぁ。コピーの、ウーマンを」

「だな。じっくり取材をする。一度話を聞くぐらいじゃなく、いろいろな現場に同行したりもする。小柳さん、そういうことは徹底してやるから」

「そうなんですね」

「で、言っちゃうとな。小柳さん、石塚さんをかなり気に入ってんだよ。もちろん、取材対象としてっていうのが一番だけど。まあ、人としても気に入ってる」

「人としてっていうのは、つまりあれですか」

「つまりあれ。女性としても気に入ってる。たぶん」

「たぶん」

「さすがに小柳さんもそこまでは言わないからな。おれも訊かないし」

「訊かないんですか」

「訊かないよ。訊いていいことでもないだろ」

二瓶さんならあっさり訊くのかと思っていた。小柳さんとはそのくらい親しいのだろうと。でも、やはり線は引くのだ。

「ただ、付き合いは長いからさ、そうなんだってことはわかんのよ。だから、後々おかしなことにならないように、あらかじめ確認しとこうと思って」

「そういうことですか」

「そういうこと。ほんとに別れたんだよな？」

「別れました」

「未練があるとか、そういうことは？」

「えーと、ないです」

「えーと、が気になるな」

「ないです」

「じゃあ、いいんだな？　石塚さんが小柳さんとそういうことになっても」

「いいですよ。って、僕が言うことでもないですけど」

「よかった」と二瓶さんは笑顔で言う。「ほら、菜種があとでストーカー化したら困るから」

「しませんよ」

「したらしたで、小柳さんはそれも小説にしちゃうか。タイトルは、何だろう。そうだな、編集者ってことで、『エディット・デッド・マン』かな」

「デッド・マンが僕ですか？」

「そう。ゾンビみたいなストーカーになって石塚さんを追う。襲う」

「微妙にいやですね」

「でも小説としてはいけるかもな。小柳さん、そのうちゾンビものも書きたいみたいなこと言ってたから。それもウチでっていうのはありかも。そのときは、菜種を取材するから」

「僕はストーカーになりませんよ。だから取材対象にもなりませんよ」

「一応、菜種のためにも言っとくとさ。気に入ったのは小柳さんだから」

「はい？」

「石塚さんがアプローチをかけたとか、そういうことではないから」

「あぁ。それは、わかってますよ。いくら彩音が、じゃなくて石塚さんが小柳ファンでも、仕事でそこまではしないでしょうし」

「わかってくれてればいい」

「そこはだいじょうぶです。ただ」

「ただ？」

「小柳さんは石塚さんの元カレが僕だってことを、知ってるんですか？」

「知ってるよ。初めて会う前に言ったから」

「それでもいいんですか？」

「いいんだろ。小柳さんはそういうの全然気にしないから。カノジョの元カレがどうとか。相手が本物のキャットウーマンでも普通に付き合うんじゃないかな」

「じゃあ、よかったです。って、やっぱり僕が言うことでもないですけど」

「とにかく問題なしってことでいいな？」

「はい」

「そういや、菜種。横尾さんとはどう？」

「こないだ原稿をもらいました。どうしようか、今、考えてます」

「出来は？」

「悪くないです。というか、いいと思います。どうすればもっとよくなるかを、考えてます」

「出せそうではあるんだな？」

「はい。それは」

「じゃあ、考えに考えて、よくしろよ。菜種ならできる。とは言わないけど。できるかもしれない。そもそも編集者にやれるのはその程度だし」

「二瓶さんならもっとやるじゃないですか」

「そんなことないよ。結局は作家にがんばってもらうしかない。おれらはその手だすけをするだけ。時間をとらせたな。じゃあ」

「どうも」

二瓶さんは立ち上がり、スタスタと歩いていく。編集部ではないほうへ。

僕も立ち上がり、編集部に戻る。自分の席に着く。

そうか、とまた思い、また少し笑う。今度の笑みは、やや苦い。

結局、僕は墓穴を掘ったわけだ。彩音のためになればと二瓶さんにつないだ。自ら橋渡しの役を務めた。まさかここまでがっつりつながるとは思わないから。

彩音のためにはなった。たぶん、小柳さんのためにも二瓶さんのためにもなった。小柳さんが初めから広告業界を書くつもりでいたのか、彩音と会ったから書くつもりになったのか、そこまでは知らない。僕が知る必要もない。

二瓶さんが言うように、彩音がアプローチをかけたわけではないだろう。彩音はそんなことはしない。ただ、こうなったことを喜んではいるだろう。動いたからこうできたのだと確信してはいるだろう。

それはそれでいい。今僕が思うのはこうだ。

小柳さん、広告業界のおもしろい小説を書いてほしい。『コピー・キャット・ウーマン』で、小説はおもしろいのだということを世に知らしめてほしい。

翌日は部会があった。先月出した本の実績を報告するマーケティング部会ではなく、今後出る本の進行状況を報告する進行部会だ。

部会だから会議は会議なのだが、重苦しいそれではない。雰囲気はむしろくだけていて、時には冗談も飛ぶ。飛び交う。

例えば二瓶さんが、小柳さんの次作のタイトルには『コピー・キャット・ウーマン』を考えてます、と言ったときは、皆がどっと笑った。

またそれいく？　キャット・ウーマンてだいじょうぶ？　バットマン側からクレーム来ない？　そんな声が上がった。

またそれいきます。キャット・ウーマンでだいじょうぶです。前にコピーと付いてるんでクレームは来ないと思います。二瓶さんが丁寧に答えると、さらに笑いが起きた。

僕も、自身の担当作の進行具合を伝えた。横尾さんの新作も二月刊に向けて順調に進んでます、と言った。

今回はだいじょうぶだよな？　二度はないよな？　と際どい冗談も飛んだが、ギリだいじょうぶです、とやはり際どい冗談で返した。

その進行部会が終わったあと。僕は北里さんの席に呼ばれた。

「菜種。横尾さんの、読んだ」

「あ、そうですか」

意見を聞くべく、第一稿を渡していたのだ。

出す本の原稿は編集長も必ず読む。第一稿の直し後の原稿や初校ゲラの段階で読んでもらうことが多い。今回はあまり時間がないので、第一稿を読んでもらった。

「どうでした？」とおそるおそる尋ねる。

「悪くないよ」と北里さんは答える。「ただ、ボクシングを始めるきっかけは、もっとわかりやすくしたほうがいいんじゃないか？」

「パンチングマシンは結構わかりやすいと思いますけど。バカっぽいし」

「そこをさらにバカっぽくするとかさ。例えば、そうだな、ヤンキーに絡まれて殴られたけど、覚悟を決めて戦ってみたら相手の動きもパンチもスローに見えて簡単に勝っちゃった、とか。例えばだけどな」

北里さんはいつもそんな具合に指示を出す。出しはするが、その程度。第一稿を上げたこの段階で、物語全体の改変を求めたりはしない。そうならないよう、こちらも事前にプロットを伝えている。

「それは」と僕は言う。「ちょっとやり過ぎというか、横尾さんぽくないというか」

「横尾さんぽさから一歩出てみることも必要だろ」

「でも、そこは出なくていい部分であるような。担当になってから何冊も読んでみましたけど。横尾さんて、そういうのを意図的に避けてきた人だと思うんですよね。わざとチープに書いたりはしますけど、絶妙なとこで踏みとどまって最低限の品は保つというか。低いところにもある品そのものを描いてるというか。別にヤンキーを出すと品がなくなると言うつもりはないですけど」

「おれもヤンキーを出せと言ってるわけじゃない。一つの可能性として、考えてみろよ」

「はい」

作家に渡された原稿。第一稿。その精読に、僕は最も力を入れる。

一度普通に読み、少し間を置いて再度読む。その二度めは、一度読んで知った物語の全体像を意識しつつ、読む。そうすることで、もっとよくなる可能性を探りながら読める。直しの提案を考えたら、もう一度読む。本当にその提案でいいのか。過不足はないのか。それを検証するのだ。

時には編集長と意見がぶつかることもある。今のはぶつかったうちに入らない。もっと大きくぶつかることもある。そんなときも、相手が編集長だからといって譲ることはない。基本、自分の意見を通す。通そうと試みる。自信を持ってそうできるよう、何度も読む。人と意見がぶつかったとしても揺るがないよう、読みこむ。

頭を下げて去ろうとした僕に、北里さんが言う。

「黒滝があなったから言うわけじゃないけどな」

「はい」

「菜種は、この先もずっと編集をやりたいのか？」

「やりたいです」

「なら本気でやれ。ボクシングみたいに投げ出すな。食いつけ。横尾さんにも食いついて、何か引き出せ」

「はい」

本気なのか冗談なのかわからない。と思っていると。

北里さんは笑って言う。

「なんてな」

あぁ、と思う。本気なのだと。冗談に見せた本気だ。

だから僕もこう返す。

「今度はちゃんとプロになりますよ。編集者にライセンスなんてないけど、なりますよ」

本気に見せた冗談。に見せた本気だ。

自分の席に戻り、考えた。

やりたいです、と僕は北里さんに言った。そう。僕はやりたいのだ。入社したころは、正直、そんなでもなかった。でも今はやりたい。もうあとはない。会社をやめるわけにはいかないし、編集者をやめるわけにもいかない。医学とボクシングはそうでもなかったが。たまたま巡り合った編集は好き。本が好きというよりは、編集が好き。その編集を続けるためにも、僕同様長く停滞を続けている横尾さんと本気で向き合わなければならない。

ということで。

横尾さんをもっと知るべく。初めて『トーキン・ブルース』を読んでみた。

原稿は赤峰さんからもらっていた。データ原稿も横尾さんからもらっていた。赤峰さんから提案を受けて直す前のものだというそちらを印刷して読んだ。読みながら、新作の直しの提案をまとめるつもりでいた。要するに、流して読むつもりだった。

が。引きこまれた。

えっ？　と思った。これ、おもしろいんじゃないの？　と。

主人公の近江昇哉がひたすらグダグダ言っていた。グダグダ言っているのに暗くなかった。何というか、根本に明るさがあった。楽観が悲観をうまく包みこんでいた。昇哉の強気だが弱いところが魅力的だった。強気だが弱さも隠さないところが絶妙によかった。

これ、おもしろいんじゃないの？　は、読み終えたときには、まちがいなくおもしろい、に変わっていた。僕はかなり好きだ。もしかしたら、横尾さん作のなかで一番好きかもしれない。

ただし。それは僕自身の好み。ひたすら弱く強気にはなれない井草菜種個人の好みだ。

編集者としては、赤峰さんの意見に同意せざるを得ない。

確かに、今はこれを出せない。出しても、たぶん、売れない。が、例えば横尾さんが小柳さんのようになったら出せるかもしれない。そうなったら名前だけで売れるから出す、という意味ではない。広く読んでもらえるから出す。これを好きな人の手に届く可能性が高まるから、出す。

つまるところ、大事なのはマッチングなのだ。それはカップルだけに言えることではない。作家と読者もそう。

まさに四時間で『トーキン・ブルース』を読み、その日のうちに新作の直し提案もまとめた。その日といっても、終えたのは早朝。テレビふうに言うところの深夜二十八時。午前四時。そして打ち合わせ日時のお伺いメールを横尾さんに送信した。

いつも午前四時台に起きる横尾さんからの返信は午前五時に来た。バターロールを二個食べて電子レンジで温めたお茶を一杯飲んでから送信したのだな、と容易に想像できた。あまり時間がないのでなるべく早いうちに、との僕からの要望に応え、恥ずかしいぐらい予定はないので明日以降いつでも、と横尾さんは言ってくれた。

だから明日にした。幸い、僕自身、ほかの打ち合わせなども入っていなかったのだ。

今回選んだのは、銀座の串揚《くしあ》げの店。

横尾さんは揚げものをほぼ食べないと言っていたのでどうかとも思ったが、いざ行ってみると喜んでくれた。

「ちゃんとしたものはやっぱうまいね。スーパーの割引弁当に入ってる揚げものは衣を食ってるような感じだけど、これはちがうわ。ごまかすための揚げじゃないんだね。上乗せるための揚げだ」

僕らはビールを飲みつつ、本題に入った。酔いがまわらないうちに。

シャープペンシルで文字を書きこんだ印刷原稿を見せ、僕は横尾さんにあれこれ提案した。ここはこうしませんか？　そこはそうしませんか？

横尾さんは、示せるものはその場で解決策を示し、示せないものに関しては、考えてみるよ、と言った。

やがて僕は一番大きな山へと差しかかった。これだ。

主要登場人物の一人の性格設定をガラッと変える。横尾さんが好きでない言葉をつかえば。キャラクターを変える。具体的に言うと。打算的な人間にする。

「うーん。それは、どうだろう。必要かな」

「僕は必要だと思います。そうすることで、作品の印象も少し変えられるんじゃないですかね」

「悪いほうに変わらない？」

「そうはならないかと。そこは主人公の性格でうまく中和されると思います。むしろバランスがとれるんじゃないですかね」

「どうかなぁ。そこまでいじると、全体に影響が出ちゃうような気がするよ。あちこちに歪みが出ちゃうというか」

「それは修正できますよ」

「修正してまでやることかな」

「僕はそう思います。それで全体が締まると思います」

大胆な提案ではある。確かに、影響は各所に及ぶ。でもその一点においては、書いた横尾さん自身よりも僕のほうが細かく考えたと思う。そこは自信がある。

横尾さんはビールを飲む。そして串に刺さったうずらの玉子を食べ、またビールを飲む。言う。

「本当に改悪にならないかな」

「ならないと思います」

「言いきれる？」

「言いきれます」と言いきってしまう。

「でもそれは、菜種くん個人の意見だよね」

「もちろん、そうです」

横尾さんは考える。ビールを飲む。二つめのうずらの玉子を食べる、と思いきや、食べない。串を皿に置く。そしてまたビールを飲む。すぐには口を開かない。黙っている。

初めて横尾さんとこの感じになる。ぶつかる。

相撲で言えば、組んでいる感じ。組み合って、土俵の真ん中で止まっている感じ。僕は譲らない。横尾さんも譲らない。引いたほうが負け。たいていは、思いの弱いほうが引く。

「おれにはさ」と横尾さんが言う。「菜種くんしかいないんだよ。おれにとっての出版社は、というかカジカワは、菜種くんなんだよ。後ろに編集長なんかがいたりはするんだろうけど、そんな人たちのことはどうでもいい。いや、どうでもよくはないけど。見えない人のことまでは考えられない。だからおれは菜種くんに向けて書くしかない」

「僕は、自分が感じたままを横尾さんに伝えることしかできません。でも、伝えますよ。作品をよくするためなら、いやなことも言います」

「その意見が正しいかどうかは、誰が判断する？」

「読者ですよ」

いかにもなことを言った、と思う。でもまちがいではないとも思う。作家、出版社。それぞれに思惑はある。が、結局は読者だ。作家は読ませるために書いている。出版社は読ませるために出版している。その前提がある以上、そこは動かない。それは、売れるとか売れないとかいうのともまた別の話だ。

「おれが今そう直すなら、おれは菜種くんのその意見が正しいと、まず認めなきゃいけない。自分がいいと思ってないのに直すことはできないから。で、こう言っては何だけど、菜種くんは書く人ではない。菜種くんの意見が正しいことの担保を、おれはどこに求めたらいいんだろう」

「それはもう、読む人としての僕の感覚を信用してもらうしかないです。そうとしか言えないです」

横尾さんがビールを飲む。グラスが空く。

僕もビールを飲む。グラスを空ける。

「次もビールでいいですか？」

「うん」

店員さんにビールを二つ頼む。

すぐに届けられたビールを一口飲んで、横尾さんが意外なことを言う。

『トーキン・ブルース』は、読んでないよね？」

「いえ。読みました」

「そうか」

感想は言わない。今は言うべきではないと判断する。

横尾さんもそれを訊いてこない。訊く代わりに言う。

「おれもさ、一つ考えたんだよね」

「何ですか？」

「断章をところどころに挟むのはどうだろう」

「断章」

「そう。例えば直井《なおい》蓮児《れんじ》ね。ボクサー」

「はい」

「プロボクサー蓮児の一人称。その断章をいくつか挟む。短いやつを、何ヵ所かにポンポンと。唐突に」

「それは、悪くないかもしれないですね」

「その断章を『トーキン・ブルース』の感じで書くのよ。近江昇哉の感じで」

「しゃべり言葉で、ということですか？」

「そう」

「そこまでやると、ゴチャゴチャしすぎないですかね。全体の印象が散漫になりますよ」

「そうかなぁ」

「初めは目先が変わっていいかもしれませんけど、何度か続くと、そのたびに読者の集中を途切れさせちゃうような気がします」

「うーん。そうか。そうは考えなかったな」

「断章を挟むという発想そのものはおもしろいですけどね。この作品でそれをやるべきかというのはまた別で。あのしゃべり言葉は長編でやることに意味があるんだと思いますよ。ここでそんなふうにつかうのはもったいないです。活きないですよ」

でもその長編をボツにされたわけだからね、と言われたら何も言い返せないな。と思う。

横尾さんは言ってこない。何やら考えている。

自分がした直しの提案を飲んでもらう代わりに横尾さんの提案を受け入れる。そんなことはしたくない。その手の駆け引きには意味がない。それは作品をよくすること、おもしろくすることにはつながらない。

僕は言う。言わなくていいかとも思いつつ、あえて言う。

「横尾さん」

「ん？」

「もう『トーキン・ブルース』からは離れましょう。完全に離れましょう。これは僕の勝手な推測ですけど。頭の隅にそれが残ってるから、今の話が出てきたんじゃないですか？　どうにか活かしたいっていう気持ちが、まだどこかにあるから」

「そう、かもね」

「それは、ダメだと思います。この作品はこの作品ということでいきましょうよ。継ぎはぎみたいなことをするんじゃなく、この作品として高めていきましょう」

「捨てる勇気も必要ですよ。ってこと？」

「そうですね。しゃべり言葉がどうとか断章がどうとか、そういうのは形ですよ。横尾さんはそんなのに頼らなくても書けるじゃないですか。書ける人じゃないですか」

「おぉ」と横尾さんは言う。「おれ、ほめられてる？」

「ほめられてます。ほめてます。でも僕のほめなんてどうでもいいです。編集者は作家をほめるものですから。そういうのは適当に聞き流して、横尾さんはとにかく書いてください。作品そのものと向き合ってください。今以上に向き合ってください」

「おぉ」と横尾さんが再び言う。「菜種くん、どうしたの？　何か、いつもとちがうけど」

「そうですか？」

「そうだよ」

「カノジョにフラれたショックが、今になって出てきたのかもしれません」

「遅いよ」

「遅いですね」

「でも、そんなもんか」

「はい」

横尾さんがうずらの玉子を食べる。さっき皿に戻した串だ。

「うめ～」と言い、続ける。「あのさ」

「はい」

「おべんちゃらでも何でもいいんだよ。菜種くんが本気でおれをいい気分にさせてくれようとしてるとおれが思えるならそれで充分。人なんてそんなもんだし」

よくわからないまま、言う。

「はぁ」

「例えば簡単なメールを一本くれるだけで、こっちは気が休まったりすんのよ。そこに添えられた何でもない一言でほんとに救われたりもすんのよ。そういうのって、デカいんだよ。たぶん、編集者さん自身が思ってるよりずっとデカい」

「そういう気配りができるよう、がんばります」

「ちがうよ」

「はい？」

「菜種くんはできてる。おれはたすかってる。たまにこうやってうまいものも食わせてもらえるから、なおたすかってる」

「だったら、よかったです」

横尾さんはビールを飲んで言う。

「まあね、やってみるよ。おれにできるのは、食っちゃ寝て書くことだけだから」

僕もビールを飲んで言う。

「お願いします。全力で、食っちゃ寝て書いてください」

打ち合わせは終わった。それぞれビールを四杯ずつ飲んで。串揚げも、コースの分に何本か追加して。

その週の土曜日。僕は木場公園でロードワークをしたあとにジムを訪ねた。かつて指導を受けていた外崎ボクシングジムだ。

そこには外崎会長のほか、直井蓮児さんがいた。

直井さんはバンタム級のプロボクサーだ。かなり強い。ついこないだ世界タイトルを獲った瀬尾唯斗《せおゆいと》選手にも勝ったことがあるのだ。会長によれば、直近の二試合で負けてしばらく休んでいたが、やっと戻ってきたという。

直井さんは今、二十五歳。僕より五歳下。だから僕がここで練習をしてたころはまだいなかった。ボクシングを始めたのは僕と同じ十八歳のときだという。僕がやめたあと、一年もしないうちに入門したのだ。

瀬尾選手に勝ったこともあり、名前は知っていた。所属は外崎ジム。それを知って驚いた。僕がいたころのジムにそこまで強いボクサーはいなかったのだ。こいつなら世界を狙えると会長は本気で思ったらしい。今でも思っているらしい。

八月の頭に一度、横尾さんと二人で取材に来た。そのとき、直井さんはいなかった。ちょうど休んでいる期間だったのだ。でも会長があれこれ話を聞かせてくれた。一時間程度ではあったが、ジムを見られて横尾さんも満足していた。

銀座の串揚げの店で、横尾さんが直井さんの名前を出した。そのあとに、こうすることを思いついた。捨てる勇気も必要ですよ。ってこと？　と横尾さんが言ったときだ。

もちろん、僕はとっくにボクシングを捨てている。でも、何というか、きちんと捨ててはいない。いかにもな言葉で言えば、けじめをつけていない。

どうすればつけられるのか。具体的なプランは何もないままに、僕は外崎ジムを訪ねた。きっかけは会長が与えてくれた。僕にでなく、直井さんにこう言うことで。

「蓮児。菜種とスパーやれ」

「いや、無理ですって」とあわてて言った。僕が。

「ヘッドギアはつけるからだいじょうぶ。菜種も経験者だろ」

「やめてもう八年ですよ」

「体は覚えてるよ。ロードワークはやってるんだろ?」

「ただ走ってるだけですし」

「走ってるならだいじょうぶ。ほら、着替えろ。やってけ」

無理だと知りつつ、やった。世界チャンピオンに勝った相手とリングで向き合えることに惹かれはしたのだ。

借りたトランクスを穿《は》き、借りたリングシューズも履き、ヘッドギアをつけて、リングに立った。直井さんはヘッドギアなしだ。

「蓮児。世界戦のつもりでやれ」

「うすっ」

「菜種。本気で打っていいからな。蓮児をKOしてお前が瀬尾と世界戦をやるつもりでやれ」

「何ですか、それ」

会長が自らゴングを鳴らした。

直井さんは現役のプロボクサー。しかもトップクラスの選手。お遊びのスパーとはいえ、迫力がちがった。グローブをかまえて向き合った瞬間にそれを感じた。動かれただけで身が締まった。

左のジャブを出す。一発、二発、三発。すべて簡単によけられた。打たれる怖さがあるので、初めから腰は引けた。その感じが懐かしかった。

そして一気に距離を詰められ、あっと思ったときにはもう直井さんが目の前にいた。右の脇腹に凄まじい衝撃が来て、ゴブッと息が洩れた。

左のボディフック。狙いはレバー、肝臓。それ一発で僕はマットに沈んだ。その場に崩れ落ち、悶絶した。のたうちまわるしかなかった。かつて是永くんに同じパンチをもらったときとまるで同じだ。

久しぶりに感じる痛み。体の芯にまで届いてしまう激痛。頭が真っ白になり、目を固く閉じた。まぶたのすき間から涙が滲《にじ》むのがわかった。痛みを少しでも和らげるべく、右へ左へ転がった。三十にして悶絶。でも悪くない悶絶。

「大げさだよ」という直井さんの声が聞こえた。

「蓮児。ほんとに本気で打ったのか？」と会長。

「まさか。三割ですよ。いや、二割だな」

二割。なのにこちらは十割で悶絶。けじめ。ついたと思う。

十一月の横尾成吾

たとえ五十歳になっても、否定されるのはつらい。

人間、そういうことには慣れない。新人賞に応募して落とされるのもつらいが、予想外の直しを指示されるのもつらい。ボツにされたときほどではないが、それでもつらい。もう、理屈ではない。この先六十になっても七十になっても慣れることはないだろう。で、指示されたときはどうするか。

おれの場合、まずは一週間原稿を放っておく。ロッカータンスの下の空きスペースに置いておく。まったく見ない。触れもしない。一週間置きっぱなしだから、うっすらと埃《ほこり》がたまったりする。

そんなふうにして、一度原稿から離れる。なるべく考えないようにする。ほかの作品で何かやれることがあればそれをするし、なければ今後につながるネタを考える。とにかく自分を落ちつかせる。それはなしだろ、それは無茶だろ、といった負の感情を起こさないようにする。

こんなふうに直しましょう。はい、すぐに直します。それはやはり無理なのだ。やってできないことはない。言われたとおりに直すのはむしろ簡単。だが。こんなふうに直しましょう、と言われて、そんなふうにしか直せない。それではダメなのだ。だったら、編集者自身に好きなように直してもらえばいい。

新人のころは本気でそう思ってた。じゃあ、あんたが直せよ。じゃあ、あんたが書けよ。と。実際に言ったことは一度もない。言うのを想像してみたことがあるだけだ。何とも魅惑的なセリフ。じゃあ、あんたが書けよ。これは、作家が編集者に言ってみたいセリフ第一位かもしれない。

今になればわかる。これほど意味のない言葉もないのだ。作家と編集者は立場がちがうんだから。というより、ちがう仕事をしてるんだから。まさに菜種くんが言ったとおり。作家は書き、編集者は読む。作品をよきものに仕上げるという到達点が同じなだけ。

こないだ、銀座の串揚げ屋で、菜種くんにちょっと恥ずかしいことを言った。おれにとっての出版社は菜種くんだとか、おれは菜種くんに向けて書いてるだとか、そんなようなことをだ。

酔ってはいなかった。勢いで言ったわけでもない。が、言った。本音は本音だ。赤峰さんには、結局言えなかった。異性だから、ではないような気がする。歳が近いから、でもないような気がする。赤峰さんは四十歳、おれより十歳下。菜種くんは三十歳、おれより二十歳下。言いやすいのは赤峰さんのほうだろう。だが言ったのは菜種くんに。それが相性のよさということかもしれない。

で、銀座串揚げデーから一週間が過ぎた。

おれはふうぅぅっと長く息を吐き、ついにロッカータンスの下から原稿を取りだす。表面にたまった埃を手で払い、仕事用兼メシ食う用のテーブルに置く。

直しの指示があるページには青い付箋《ふせん》が貼られてる。これが女性、例えば水冷社の十川さんだと、青がピンクや黄色になる。

「付箋、多いな、おい」とつぶやき、『降らない雨もない』という仮タイトルが印刷された表紙をめくる。

初めのページから付箋。そのことにちょっと笑う。笑えるならだいじょうぶ。もう向き合えるようになってる。一週間のおかげだ。

「はい、スタート」と言い、おれは直しにとりかかる。

向き合ってからのおれは強い。所詮《しょせん》は二勝八敗レベルだが、強い。

直しの指示はほぼすべて受け入れる。ただし、その上を返す。それだけは決めてる。

大方、言われたとおりにはするが、おれなりの何かを付け加える。

よし、言うとおりに直してきたな。と編集者は思うかもしれない。だとしても、気づかないだけ。おれは必ずその上のものを返してる。返しつづけてきた。そこは自信がある。だから今もおれは書けてる。声をかけてもらえてる。

直しの作業に当たってるあいだも、頭の半分では弓子のことを考えてる。直しながら考えてる、という意味ではない。作業が終わると弓子が戻ってくる。結果、一日のうちで半々になってる。という感じ。切り換えは自動的に行われる。意識する必要はない。勝手に切り換わる。

弓子のあの話は衝撃的だった。

もう五十歳。同級生でも何人かは亡くなった者がいる。あとで聞いて知る、という形になることが多い。親しく付き合ってた誰かが身近で亡くなったことはない。

と言う前にまず。

弓子は亡くなってない。生きてる。こないだ一緒に酒も飲んだ。

が、それでも。

揺れる。揺さぶられる。

がんて何だよ。手術って何だよ。言わないって何だよ。今言うって何だよ。

弓子の横顔を思い浮かべる。左から見た横顔だ。おれがいつも弓子の左側に座るからそうなる。何故左側なのか。おれの右目の視力が悪いからだ。見づらいというほどのことはない。だが微妙に違和感があり、人が左にいるよりは右にいてくれたほうが話しやすい。

何年も前に弓子にそう言った。以来、カウンター席で飲むなら、弓子はおれの右側に座る。言わなくてもそうしてくれる。今はもう弓子自身、そんなには意識してないと思う。

だから、おれの頭に浮かぶのは左から見た横顔になる。

五十歳。弓子も歳をとった。がんになってしまうくらいだから、まちがいなく、とった。若くは見える。三十代に見えるとか、そこまでは言わない。が、五十歳には見えない。四十代前半ぐらいには見える。会社で働き、毎日人と会ってるからだろう。カフェの店舗をまわったりすれば、若い店員と接する機会も多くなる。

これまで、弓子がいるのは当たり前だった。近くにはいなくても、会うのは半年に一度でも、常に存在を感じてはいた。今も弓子はいる。いてくれる。だがこれからはそうでなくなる可能性もあるのだということに、初めて思い至った。

弓子なら、たとえ誰かと結婚しても、たまにはおれと飲みに行ってくれるだろう。そんな感覚があった。おれから声をかけはしないが、弓子からかけてはくれるだろう。そんな希望的観測もしてた。が。結婚とかいうのとは無関係に、弓子がいなくなる可能性もあるのだ。

あぁ。参った。と、おれはこのところ一日一度はつぶやく。何だよ、溝口。マジかよ、溝口。

おれは男で弓子は女。そんな関係になることをまったく考えなかったと言えばうそになる。考えたことは何度かある。まさかな、でいつも終わった。それは弓子も同じだと思う。

最後に考えたのは、二十代の終わりぐらいか。暗黒時代。先が見えない状態は続き、そんなことは考えなくなった。そうなればなったで、むしろ気は楽になった。弓子だけは気軽に誘えた。弓子も気軽に誘ってくれた。

そんなことを、おれらは五十の今まで続けてきた。徐々に付き合わなくなったり連絡をとり合わなくなったりした相手は何人もいるが、弓子とはそうならなかった。

一年ほど空いた時期は確かにあった。相手が弓子だから気にしなかった。弓子が距離をとろうとしてるとか、そんなふうには考えなかった。その後はまた普通に飲むようになったので、一年空いたこと自体を忘れてた。今になれば、気づけなかったことが悔やまれる。

弓子が言ってた円錐切除術について調べてみた。

子宮頸がんそのものは、二十代後半から患者が増え、四十代でピークを迎え、そこからは横ばいになるという。早期発見でき、その円錐切除術で悪い部分を完璧に切りとれていたら完治すると、おれが読んだ記事には書かれてた。

今弓子があの状態でいられるということは完治したということなのだろう。そう思った。思いたかった。

自分がひどく動揺してることを認めざるを得なかった。それが弓子でなかったらこうはならなかったであろうことも、認めざるを得なかった。

今になって初めて、おれは弓子を人として意識した。いや、女として意識した。それこそおれ自身の核に近いところでだ。男女を問わずただ一人、弓子はおれが心を許せる相手だったことに気づいた。

じゃあ、これまでは何だったんだよ、と思う。二十代のときも三十代のときも四十代のときもずっとそうだったはずだろ、と。結局、安らげる形だったのだ。年に二度ほど会って飲む、というそれが。その程度で関係が壊れることもまずないから。

書いて、弓子のことを考え、寝る。そんな毎日を過ごした。合間には食事もした。納豆やキムチを食べた。豆腐も食べた。

その豆腐が、十月以降、ちょっとおかしくなった。味が、ではない。容器が、だ。今は十一月。逆算して、十月からだろうと推測した。

おれはいつも四葉のハートマートで一丁三十円の豆腐を買う。一日一丁食べ、買物は二日に一度。だから一度に二丁買う。

おれは書くことも好きだが豆腐も好き。いくら食べても飽きない。昔は絹ごし一辺倒だった。あのニュルンとした食感が好きだったのだ。だが四十代になって、木綿派に転向した。

ハートマートの売場に、そのころはまだ一丁二十九円だった絹ごしが何故か置かれてない日があった。しかたなく木綿を買った。五十八円でほかの絹ごしを買うよりはまし、という判断からだ。

食べてみて、おっと思った。悪くないぞ、と。絹ごしよりガサついてる分、腹持ちもいいような気がした。そしてまさにガサついてる分、ご飯のおかずにできるような気もした。

二日に一度の買物で絹ごしと木綿を一丁ずつ買うようになり、やがては木綿を二丁買うようになった。およそ二ヵ月をかけて、木綿への転向は完了した。

で、容器だ。豆腐一丁がスポンと収まってるあの容器、上面には透明なフィルムが貼られてる。そのフィルムが、二枚重ねになったのか、貼りつける糊《のり》が強くなったのか、なかなかはがれなくなってしまったのだ。

普通は、四隅のどこかを指でつまみ、力を入れてめくればはがれるようになってる。それが。度を越して固い。左手で容器を押さえ、右手の親指と人差し指でフィルムの端をつまみ、力を込めてはがそうとする。はがれない。びくともしない。全力でやってもダメ。四隅のどこから攻めてもダメ。

おい、マジかよ。どうすりゃいいんだよ。と思う。

さらに数度試してついにあきらめ、ハサミで切った。上面隅の部分、豆腐と容器のすき間の水がたまってる部分に切りこみを入れるのだ。わかりやすく言えば、ハサミの刃をぶっ刺す。切るというよりは穴をあける感じ。そしてなかの水を捨て、穴に指を入れてフィルムをはがす。切り裂く。

そんなだから、きれいにははがせない。容器の縁にフィルムは残ったまま。どうにか豆腐を取りだせるようにはなる、というだけ。容器からそのまま食べるおれとしては、つらい。

いずれもとに戻るだろうと思い、待ってみたが、戻らない。これではさすがにクレームも来るだろうと思い、なお待ってみたが、やはり戻らない。

うーむ。とおれは考えた。毎日ハサミをつかうのは本当に面倒なのだ。おれは自炊をしないから、そのハサミも料理バサミではない。ハートマートの文具コーナーで九十八円で買った、まさに文房具のハサミ。だから紙を切ったり、穴のあいた靴下を切ったりする。衛生的にどうなのだ、という話になる。

ほかの豆腐を買う、という選択肢はない。何せ、一丁三十円。ダントツに安いのだ。その上は一気に倍。五十八円になってしまう。安いから質が悪いかといえば、そんなことはない。原材料の大豆は安いものだったりするのかもしれないが、味は変わらない。不満はまったくない。だからこそ、惜しいのだ。

おれはついにスマホを手にした。これは誰かがやらなければいけないことなのだ、と考え、〇一二〇から始まる数字をクリックした。フィルムに記載されたお客様窓口の電話番号だ。

その手の番号にかけるのは、生まれて初めて。

呼び出し音が鳴ってるあいだ、自分に言い聞かせた。クレーマーにはなるなよ。地下鉄の駅で見たあのハードクレームの男性みたいにはなるなよ。

「もしもし」という声が聞こえた。意外にも、男声。社名を告げたあとに言う。「お客様窓口です。お電話ありがとうございます」

「もしもし。あの、クレームということではまったくないんですが」と妙な前置をしてしまう。

「はい」

「えーと、いつも御社の豆腐を、お豆腐を、食べさせていただいてます。ほんとにいつもです。毎日」

「ありがとうございます」

「一丁三十円で売っていただいて、提供していただいて、こちらこそ感謝してます。ものすごくたすかってます」

「それはそれは。ありがとうございます」

「で、あの、ほんとにクレームではないんですけど、ちょっとお願いしたいことがありまして」

「はい。どういったことでしょうか」

「あの、パッケージがですね。えーと、容器の上の、蓋《ふた》というか、フィルムみたいな部分」

「はい」

「あそこが非常に固いというか、はがしにくいというか。前はそんなことなかったんですよ。普通にペリッといけました。でもここ一ヵ月ぐらい、そんな状態が続いてまして」

「あぁ。そうですか。申し訳ございません。いつもお買い上げいただいているのは、どちらのお店さんで、でしょうか」

「えーと、ハートマートです。蜜葉市四葉の、ハートマートさん」

「そうですか。本当に申し訳ございません」

「いえ、そんな。ただ、前みたいにしていただければなぁ、と思っただけで」

「ちょうど今、ほかのお客様からも同様のご指摘を受けておりまして。改善していると
ころでございます」

「あ、そうですか。よかった」

「ですので、今しばらくお待ちいただければと思います」

「はい。何か、すいません。すでにそういうお話があるなら、余計なことでした。失礼
しました」

「いえいえ。お客様にご迷惑をおかけして、申し訳ありません」

「いえいえ。ほんとにいつもたすかってます。一丁三十円なんて、ほかにないので。毎
日頂いてます。週七です」

「ありがとうございます。今後もよろしくお願いいたします」

「こちらこそありがとうございます。よろしくお願いします」

「では失礼いたします」

「失礼します」

電話を切った。安堵の息を吐く。通話時間は二分弱。結構話したような気もするが、

案外短い。

何だ、おれがかける必要はなかったのか、と思う一方で、かけてよかったな、とも思う。日頃の感謝の気持ちを伝えられたので。

一丁三十円。それで利益が出るのかといつも心配になる。会社がつぶれてほしくない。がんばってほしい。どうしても無理なら値上げもしかたない。四十円ぐらいには、抑えてほしいが。

スマホをテーブルに置く。ソフトクレーム、無事終了。

そしてまた弓子のことを考える。

豆腐のあとに弓子。人生初クレーム電話のあとに、弓子。

何してんだよ、と思う。だが人の生活というのはそんなものだ。悲しいときも腹は減るし、うれしいときもおならは出る。何があっても時間は経つ。生活は続く。途切れない。

で、その生活を続けるべく、おれは外に出る。歩く。

買物デーではないのでハートマートには行かないが、四葉には行く。畑のなかの道を歩く。雑木林に囲まれたくねくね道も歩く。

途中で、あれっと思う。何日か前まではあった家が、きれいになくなってるのだ。瓦《が》礫《れき》の類も一切なし。土も均《なら》されてる。更地になってる。

こんなときは、いつも何とも言えない気分になる。

建物がなくなると、敷地はやけに狭く見える。家というものがいかにちっぽけであるかがわかる。部屋があって、台所があって、フロもあって、トイレもあって、のはずなのに、実はすべてがそんな狭い一画に収まってたのだと気づかされる。誰かが部屋で何度も寝たり起きたりしたはずなのに。家がなくなると、そうした過去もすべて消失したように感じる。何度もフロに入ったりトイレに行ったりしたはずなのに。

住んでた当人たちの記憶や経験は消えない。その人たちが亡くなったわけでもない。たぶん、どこかへ移っただけ。皆、生きてはいるだろう。四葉で民家全焼！　四葉で一家惨殺！　なんてニュースも聞かないから。

こうしてあちこちを歩いてるとわかる。町はそんなふうにして少しずつ動いていく。少しずつ姿を変えていく。少しずつではあるが、確実は確実だ。一日は確実に一週間になり、確実に一ヵ月になり、確実に一年になる。そして一年は十年になり、二十五年になり、五十年になる。人が五十歳にもなるわけだ。

狙ったかのようなタイミングで、前からおじいさんがやってくる。チャリに乗ったおじいさんだ。おぃ、よぅ、と早くも声を出してる。

すでにそれがおじいさんなりのあいさつだと知ってるおれは、おじいさんが最接近するのを待って、自分から言う。

「こんちわ」

「おぅ。こんちわ」

早口だが、そうとわかってれば聞きとれる。確かにこんちわと言ってる。すれちがいざま、おれは初めておじいさんとばっちり目を合わせる。

意外。おじいさんがかなりきれいな目をしてることに驚く。きれいな目。何がどうきれいなのかうまく説明することはできないが、そう思ってしまった。澄んだ目、なのか。晴れやかな表情も込みでそう見えた、ということなのか。

おじいさん。それに、おばあさん。おれみたいに平日の午前や午後早くに歩いてると、町にはやはり高齢者が多いことがわかる。高齢者だらけと言ってもいい。二十年後、おれが七十になるころには、その比率はもっと高くなるのだ。

どんな人生を歩んできたかは顔に出る。その見方はほぼ正しいと思う。たまに、真顔が笑顔のおじいさんやおばあさんがいる。とても感じのいい人たちだ。確かにいい人生を歩んできたんだろうな、と思わされる。

持ち前の人格。それが第一ではあるだろう。そこに様々な要素が加わって、そんなふうに歳をとることができる。その要素の一つに、裕福、があることも否定できない。ある程度の裕福さは、やはり心の安定や余裕につながるのだ。

残念ながら、おれはそんなふうにはなれないだろう。裕福にはなれないし、真顔が笑顔のじいさんにもなれない。

だが。

目がきれいなじいさんにはなりてえなぁ、と思う。

十二月の井草菜種

横尾さんの直し原稿はよかった。忌憚《きたん》なく言えば、期待以上だった。

これは来たな、と思った。いけるな、と。売れるかどうかはまた別の話。それは本当にわからない。でもいい本にはなる。そう確信できた。

直しはその一度。すぐに入稿した。そのことをメールで横尾さんに伝えた。よかった、何よりです、との返信が来た。

それが十一月の終わりだ。

前々から北里さんにお願いしてたプルーフ作製の許可が出たので、さっそく手配した。プルーフとは試し刷りのこと。簡単な本みたいなものだ。ゲラの段階でつくり、書店員さんに渡すことが多い。発売前に読んでもらい、アピールするのだ。

カジカワの毎月の刊行数は、単行本で十前後、文庫本で二十から三十。二月刊の単行本は九の予定。そのなかでプルーフをつくるのはその横尾さん作だけ。期待はされてると言っていい。

初校ゲラに、校閲者さんからの大きな指摘はなかった。ルビに関するものや漢字の正字に関するものがほとんどだ。だから、直しには時間をかけてもらった分、ゲラの確認は横尾さんに急いでもらった。

実際、横尾さんは急いだ。わずか三日でゲラを戻してくれた。

修正箇所に目を通し、問題がないことを自分でも確認すると、すぐに再入稿。

昨日、再校ゲラが出てきたので、半日をかけて読み直した。

そして今日、指摘はほぼ何もありません、きれいなゲラです、というメモをつけ、横尾さんに送った。

再校ゲラはきれいな状態で読みたい、と横尾さん自身が言っていた。そうできてよかった。その段階でまだガチャガチャやっているようではダメなのだ。

今回、装丁は、四十五歳のベテラン男性デザイナー青沼達巳《あおぬまたつみ》さんに、表紙のイラストは、二十九歳の新進女性イラストレーター四《よ》辻《つじ》りょうさんにお願いした。

青沼さんとは何度も仕事をしているが、四辻さんとは初めて。やわらかだが芯のある絵のタッチが気に入り、声をかけた。四辻りょう。本名ではないのかと思ったら本名だった。四辻さん自身、僕に対して同じことを思ったらしい。

どちらとも何度か打ち合わせをした。メールでのやりとりもしたし、会って話もした。

青沼さんにはこう言った。

「こんなことは毎回言われてるでしょうし、あえて言うことでもないんですけど。これは本気で売りたいんですよ。いいものなので、本当に売れてほしいんですよ」

四辻さんには、同じようなことを言ったうえで、さらにこう足した。

「横尾さんは人を書く作家なので、これまでの本の表紙も人物が描かれたものが多いんですけど、今回はそこから外れてもいいかと思うんですよ。ボクシングのグローブが、前面に出るのではなくて、かわいい感じでどこかにちょこんとあるとか」

すでに初校ゲラを読んでいた四辻さんは言った。

「わたしもそれは考えてました。隅にちょこん。でも存在感はある。ボクシングのグローブだとは一目でわかる。そんな感じがいいかなぁ、と」

「例えば、部屋のテーブルにゲラが置かれてて、壁の隅のほうにボクシンググローブが掛けられてる、とか」

「人はなしで、ですよね？」

「はい。本人は不在。ゲラとグローブでその存在を示す」

「いいですね」

「本人がボクシンググローブをはめた手でゲラを持って読んでる、というのも考えたんですけどね」

「それはポップ過ぎ」

「そうなんですよ。そこまでいくと、横尾さんの本じゃなくなっちゃう」

部屋に本人は不在、テーブルにはゲラで壁にはボクシンググローブ。の線で進めた。

ゲラの表紙に書かれたタイトルをそのまま本の表紙として見せる、ということも考えたが、そうなるとゲラを大きくせざるを得ないので、それは断念した。

そして妙案を思いついた。悪ふざけは悪ふざけだが、思いついたからには実行したくなった。ゲラに書かれたタイトルを『トーキン・ブルース』にするのだ。読めるか読めないかぐらいの小さな字で。でも読もうと思えば読める感じで。

横尾さんは装丁や表紙のイラストには一切口を出さないことに決めているという。でもこの件に関しては許可をとることにした。無断でやってしまったら、さすがに横尾さんも気を悪くするかもしれないから。

メールでは悪ふざけのニュアンスが正しく伝わらない恐れがあるので、電話をかけた。

「もしもし」

「もしもし」

「お世話になっております。カジカワの井草です」

「何、どうした？」

「今ちょっとだいじょうぶですか？」

「だいじょうぶ」

「外、ですか？」

「うん。歩いてる。でもだいじょうぶ」

用件を簡潔に説明した。表紙のイラストがゲラとグローブの方向で進んでいること。ゲラのタイトルを『トーキン・ブルース』にしようと思いついたこと。

「いいね」と横尾さんは笑った。『トーキン・ブルース』、そんなとこで復活。うれしいよ」

「本当にいいですか？」

「いいよ。やってやって」

「よかったです。一応、許可をとっておこうと」

「それで電話をくれたわけ？」

「はい」

「いいのに。そんな」

「でも、失礼になるかと」

「全然。いいじゃない。本を読んでくれた人が、おれの旧作かと思ってそのタイトルで検索してくれたらおもしろいよね。でも、ない。で、あぁ、架空の作品か、と思う。実は架空でもない。どうぞどうぞ。それでやって」

「ありがとうございます」

「実はさ、今、菜種くんの名前がスマホの画面に表示されて、一瞬、あせったのよ」

「どうしてですか？」

「もしかしてこの段階でボツか？　と思って」

「まさか。それをやったらアウトですよ。人としても会社としても、完全にアウトです」

「ボツじゃないならよかったよ」

「だいじょうぶです。ボツじゃないです。そんなわけないです。じゃあ、それで進めさせてもらいますね。ラフが上がったら、画像、お送りしますので」

「うん」

「まだ早いですけど。打ち上げ、何がいいですか？　何が食べたいですか？」

「何でもいいよ。まかせます。例によって、何が来るか楽しみにしとくよ」

「わかりました。また銀座でどこか探します。嫌いなものはないんですよね？」

「ないよ。食べものを嫌いなんて言える立場にない。土以外なら何でも食うよ」

「わかりました。銀座の土料理以外で、何か探しときます」

「お願いします」

「では失礼します」

「どうも」

電話を切ると、さっそく、ゲラのタイトルは『トーキン・ブルース』でオーケー、の旨のメールを四辻さんに送った。

新人賞応募原稿の下読みにかかろうとしたところで、北里さんに声をかけられた。

「菜種」

「はい」

「横尾さんのプルーフは？」

「書店さんに配りました。年内に読んでもらうのは難しいでしょうけど。年始休みに読んでもらえたらいいです」

「おれも読んだよ」

「あ、そうですか」

「妹、かなりよくなったじゃん」

「そう思います。横尾さん、ほんとにうまく直してくれました」

「ガーッといってくれるといいけどな」

「はい」

それだけ言って、北里さんは編集長席へ戻っていった。前に言っていたあれ、ボクシングを始めるきっかけをもっとわかりやすくしたほうがいい、については触れなかった。編集長の意見として、横尾さんに伝えてはいた。ヤンキーはちょっと難しいな、と横尾さんは言ったが、直してはくれた。具体的には、主人公が一人でゲームセンターに行く回数を増やした。同じパンチングマシンだけでなく、ほかのメーカーの機種でも自分のパンチの強さを試したのだ。見事な直しだった。主人公のバカっぷりが際立った。バカはバカだが慎重なバカ。いい。

今年も残すところ十日。仕事を早めに切りあげると、僕は飯田橋から東西線に乗った。日本橋までは四駅。かかっても八分。どうにか間に合いそうだ。

通勤で東西線に乗るのは十分強。席が空いていても座ることはない。ドア付近は避け、車内中ほどに立つ。今もそう。

日本橋の一つ前、大手町。ここは乗降客が多い。僕の右なな め前に座っていた二十代後半ぐらいの女性も、もう大手町？ とばかりに立ち上がり、あわてて降りていく。

直後、何かが落ちていることに気づく。たぶん、女性が落としたものだ。カード。

あっと思い、吊革《つりかわ》から手を離して屈《かが》み、それを拾う。同じくあわてて電車を降りる。

乗ろうとしてきた人たちに、すいません、と言い、どうにかホームへ。

グレーのコートを目印に女性を追い、背後から声をかける。

「あの、落としましたよ」

女性は振り向き、立ち止まる。僕を見て、カードを見る。

あなたのですよね？ という意味で、さらに言う。

「そう、ですよね？」

「あぁ。はい」女性はカードを受けとり、言う。「ありがとうございます」

「いえ」

よかった。こちらも確信はなかったのだ。

振り返って歩きだす。右の電車を見る。乗れるか？ と思ったところでドアが閉まる。

電車は行ってしまう。

でもそこは東西線。この時刻、三分待てば次が来る。ただし、その三分の遅れで、約束の七時に間に合わないことは確定。

僕はホームを少し歩いて立ち止まり、電車の到着を待つ。

拾った時点で、あれがクレジットカードの類でないことはわかっていた。何らかの店のポイントカード。大事なものではなかったかもしれない。拾った手前、届けないわけにはいかなかった。

では大事なものでないと初めからわかっていれば拾わなかったのか。

そんなことはない。それが紙くずでもない限り、僕は拾っていた。届けていた。何故って、こんなときはそうしようと決めているから。

何年か前、まさに電車で席を譲ったことがきっかけでそうなった。

そのときは通勤ではなかった。座って担当作家の本を読んでいたら、高齢の女性が乗ってきた。立ち上がり、どうぞ、と言った。が、こう言われた。次で降りますので。ちょっと恥ずかしかった。これがあるから譲りづらいんだよなぁ、と思った。

その後、読書を中断して考えた。恥ずかしい思いをしたくないから譲らない、は変。という結論に達した。

以後はそれを実践している。今のもその一環。あれこれ考える必要はない。高齢のかたが電車に乗ってきたら席を譲る。誰かが物を落としたら拾って渡す。そう決めておけばいいのだ。動いてしまえばいいのだ。そのためなら約束の時間に遅れてもいい、とはならないが。

三分後に来た次の電車に乗り、日本橋で降りた。

そこからは小走り。そのもの日本橋を渡り、商業施設にあるタイ料理店に入った。

店員さんに言う。

「すいません。七時に予約した井草ですけど」

「お待ち合わせのかたはもう来られてます」と言われ、席に案内された。

四人掛けのテーブル席。そこには梓菜がいた。井草梓菜。妹だ。

「招待しといてあとから来るって、何？」と笑う。

「ごめん。ちょっとバタバタした」

「五分前行動を心がけましょう」

「了解」

「勝手に奥に入っちゃったけど」

「いいよ。招待客だから」

言いながら、手前のイスに座る。

まずは飲みものを頼む。梓菜も僕もビール。タイらしく、シンハービールだ。

「料理は好きなのにしたいだろうと思って、コースは頼んでないよ」

「うん。そのほうがいい」

梓菜は春雨サラダと空心菜炒《いた》めとタイ東北部ソーセージなるものを頼んだ。とりあえずはその三品。梓菜は僕と食の好みが似ているのでたすかる。これが彩音なら、サラダはアボカドのものを選び、ソーセージの代わりにまちがいなくパクチー生春巻きを頼んでいたはずだ。

と、まあ、妹と元カノジョをくらべるのはいいとして。

まずはシンハービールで乾杯した。

「誕生日おめでとう」と僕が言う。

「ありがとう。今日のこれは、何？」

「いや、だから誕生日にご飯ぐらいおごろうかと」

「誕生日の妹を、兄が呼ぶ？」

「まあ、呼んだよね」

「普通は埋まってるでしょ、予定」

「空いてたじゃん」

「空いてたけど。びっくりしたよ。誕生日にご飯食べようって言われて、気持ち悪っ！と思った」

「気持ち悪くはないだろ」

初めは梓菜が勤める病院に近い新宿《しんじゅく》にするつもりでいた。が、その日は実家に帰るからそっち方面でいいよ、と梓菜自身が言った。日本橋かな。帰りのことも考えて。

異存はなかった。と言いつつ、実は少しあった。彩音と別れたのが日本橋だからだ。

「どう？　専攻医は大変？」と尋ねてみる。

「楽とは言えないね。忙しい。今日もこの時間に出られたのはたまたまだし。出るつもりではいたけど、何かあったら無理だった。その何かは簡単に起こるし」

「そうだよな。病院だもんな」

梓菜はその病院にいる先生の話をした。迫利造《さことしぞう》先生。内科では権威だという。

「迫先生はね、何かすごいよ」

「すごいって？」

「もう、オーラ出まくり。みんな、ひれ伏して、ははぁって感じ。わたしなんか近寄れもしないよ。と言いつつ、結構近寄るけど」

「近寄るんだ？」

「うん。話しかけちゃう。で、話してみると、迫先生、びっくりするくらいやわらかい感じなの」

「へぇ」

「だからやっぱりすごいと思っちゃう。結局さ、医師にとってもコミュニケーション能力は大事だからね。患者が心を開けない先生じゃどうしようもない。クリニックをやるならなおさら必要じゃない。地域の人たちに嫌われたらアウトだし」

「確かに」

梓菜なら嫌われないと思う。話しやすい、いい先生になると思う。美人すぎる女医、とまでは言われないかもしれないが、ちょっと美人な女医、くらいのことは言われるかもしれない。

「何にしても。よかったよ。今日は何も起こらなくて。お兄ちゃんに一人さびしくタイ料理を食べさせることにならなくて」

「うん。よかった」

「お兄ちゃんはどうなの？　年末は仕事、忙しくないんだっけ」

「そんなには。印刷所が閉まっちゃうからね。そのあいだにやれることもあるけど」

「作家さんを年末年始に働かせるのも悪いか」

「それは作家さん個人のやりようだよ。年末年始は仕事をしない人もいるだろうけど、まったく休まない人もいる。家族がいるかいないかでも変わってくるのかな」

「それはそうだろうね」

家族がいない横尾さんはすると言っていた。土日も年末年始も関係ないと。

料理が運ばれてきたので、それぞれにいただきますを言い、食べる。

春雨のサラダ。うまい。春雨は好きだ。が、低そうに見えてカロリーは低くない。百グラムで三百五十キロカロリーぐらいある。しらたきに感じが似てるからカロリーは低めだと誤解されるのだ。しらたきはかなり低い。百グラムで六キロカロリーぐらい。ボクシングをやっていたころに調べたのだ。減量に関する知識も必要だろうと。

「梓菜さ、今日はほんとにだいじょうぶだった？」

「何が？」

「早めに出られたら出られたで、ほかの用事があったんじゃないかと思って」

「あ、何、カレシのこととか探ってる？」と梓菜は鋭い。「もしかして、探れってお父さんとお母さんに言われたとか？」

「まさか。兄が妹のスパイはしないよ」

「いや、お兄ちゃん、しそうだし」

「しないって」

しそうに見えるのか。ややショック。

梓菜はあっさり言う。

「わたし、カレシいるよ」

「いるんだ」

「そりゃいるよ。もう二十七だもん」

「忙しい、んだよな？」

「忙しくたってカレシはいるよ」

「まあ、そうか。でも。誕生日に会わないわけ？」

「そう」

「向こうが仕事だとか？」

「仕事は仕事でしょうね」

「それは、何、あんまりうまくいってないってこと？」

「そういうんでもない。そもそもがそんな感じ」

「どこで知り合った？」というその訊き方がマズかった。

梓菜はぴんと来たらしい。

「あぁ、そうか」

「何？」

「ひかるに聞いたんだね」

「いや、あの」

「ちがうの？」

そう訊かれると、うそはつけない。

「ちがく、ない」

「名前も聞いた？」梓菜は自ら言う。「渋沢くん。合コンで知り合ったの。ひかると行った合コン」

「らしいね」

「今日、それかぁ」

「え？」

「その話をしようと思ったんでしょ？」

「いや、そういうわけでは」

「ない？」

「なくも、ない」

「ひかるに頼まれたんだ？」

「頼まれてはいないよ。話を聞いただけ。誕生日も、ちゃんと祝おうと思ってたよ」

「とってつけた感丸出しだけど。タイ料理は好きだから、いいよ。で、何？」

シンハービールを一口飲んで勢いをつけ、言う。

「その渋沢くんは、どうなのかな」

「どうって？」

「その、あんまりよくは、ないんじゃないかな」

「よくはないね」と梓菜はあっさり言う。「どうしようもない浮気男だし。初めからわかってたけど」

「わかってたのに、付き合ったの？」

「うん。付き合わなきゃわからないこともあるだろうと思って」

「あった？」

「あった。そこは人間、いろいろあるよ。浮気男だからいいとこがないわけではないし。実際、いい人ではあるよ。優しいし。まあ、浮気相手にも優しいだろうけど」

梓菜とこんな話をするのは初めてだ。普通、妹とこの手の話はしない。横尾さんが書いた『三年兄妹』の瞬とゆず子兄妹のようにはいかない。で、いざ話してみると、梓菜の口からは意外な言葉がポンポン出てくる。

「カノジョの誕生日に何もしないっていうのは、優しい？」

「それは優しさとは関係ない。わたしが気にしないだけだから。女のみんながみんなそういうことを気にするわけじゃないよ。わたしは気にしない派。誕生日とかクリスマスとか、何もしなくていい。ハロウィンとかもなしにしてほしい。帰りの電車が混んで面倒だから」

「家では、誕生日もクリスマスも、やってたよね」

「お父さんとお母さんがやってくれたからね。それをやらないでとは言わないよ。だから、ほら、今日のこれだって、やってもらってるし。それはそれでうれしいよ。でも、自分から求めはしないかな」

「そう、なのか」

「そう。別に誕生日がめでたいとも思わないしね。うわ、三十が近づいてきたって、思うのはそれくらい。あ、でもこれを機にタバコやめようとは思ったか」

「え、何。タバコ、吸うの？」

「吸うよ」

「マジで？」

「うん。一人暮らしをしてから吸うようになった。やっぱりストレスは、結構あるから」

「病院では、吸えないよね？」

「病院では吸わない。自分の部屋でも吸わない。だから本数も大したことない。喫煙スペースを見つけたときに一本吸うとか、その程度。その一本を全力で吸って、気分を落ちつかせる。儀式みたいなものかな」

「儀式」

「でもやめるよ。タバコを吸うお医者さんて、患者さんから見たら説得力がないし」

「やめられる？」

「やめられる。これまではやめる必要がないから吸ってただけ。渋沢くんが吸うからわたしも吸う、みたいなことではないよ。渋沢くんと付き合う前から吸ってたし。というか、渋沢くんは吸わないし」

「梓菜が吸うことは、知ってる？」

「知ってるよ。言ってるし。でも渋沢くんの前では吸わない。気をつかってるわけじゃなくて。そこでは吸う必要がないから」

「あぁ」としか言えない。

お代わりのシンハービールをもらう。梓菜も同じ。辛いものにはやはりビールが合う。届けられたそれを一口飲んで、言う。言葉が口からポロリと出る。

「梓菜さ。何か、悪いな」

「何が？」

「いや、何か、いろいろと、押しつけるみたいになっちゃって」

「いろいろって？」

「だから、医者になることとか」

これも初めて言う。話したことは一度もない。

「何、そんなふうに思ってたわけ？　わたしを医者にさせちゃったとか、お兄ちゃんのせいでわたしが医者になったとか」

「思ってたというか」

「というか？」

「まあ、思ってたか」

「だとしたら、見事に的外れだよ。的外れもいいとこ。だって、わたし、医者になりたかったもん」

「そうなの？」

「そりゃそうでしょ。なりたくないのになる？　なれる？」

「なれない、よな。僕は、なりたくてもなれなかったし」

「ほんとになりたかった？」

「なりたかったよ。なれるなら、なりたかった」

「なれるならって言ってる時点で、なりたくないように聞こえるけど」

そう言われると、わからない。考えてしまう。どうだろう。

「でもよかったよ、それで。お兄ちゃんがどうしても医者になりたい人でなくてよかった」

「何で？」

「だって、わたしが医者になれば、クリニックをもらえるわけじゃない。簡単に開業医になれるじゃない。だったらがんばるでしょ」

「よかったよ、がんばってくれて」

「わたしもよかった。お兄ちゃんよりわたしのほうが頭がよくて」

「それ、言う？」

「言う。でもたまたま医学部には入れなかっただけで、いい大学に行って、編集者になったんだからいいじゃない。なれないでしょ、普通。何人が入社試験に落とされてると思う？　きっと千人単位だよ。いや、書類選考も含めれば、一万人単位か。わたしならそっちは無理だった。面接で落とされてたよ」

「そんなことないだろ」

「あるよ。お兄ちゃんほど人当たりはよくないもん」

「そうか？」

「そう。味方もいるけど敵もつくっちゃうタイプ。お兄ちゃんはちがうよ。敵、つくらないでしょ？」

「まあ、積極的にはつくらないけど」

「お父さんもお母さんも、敵にはならなかったもんね」

「ん？」

「わたしがお兄ちゃんの立場だったら、たぶん、お父さんとお母さんは敵になってたよ。わたし、まず、医学部は受けなかったと思う」

「受けたじゃん」

「それはわたしが医者になりたかったから。たまたますんなりいっただけ。敵になる理由がなかっただけ」

「うーん」

「編集者の仕事も、わたしならうまくやれないと思うな。やっぱりさ、作家さんありきなわけでしょ？」

「そう、だね」

「それだけでもう無理かも」

「そんなことないよ。時には厳しいことも言わなきゃいけない。今の梓菜みたいに」

「お兄ちゃんは、言ってる？」

「たまには」

「言ってるんだ？」

「言うよ、そりゃ」

「でも基本的には作家さんを立てなきゃいけないわけでしょ？」

「立てるっていうのとはまたちがうけど。支えるというか」

「支えるのは、無理かなぁ。わたし、自分が思ったように動けないとイライラしちゃうし。それに、編集者だって、数字の目標とかはあるでしょ？」

「あるね」

「わたしはそういうのも無理」

数字の目標はある。売上部数だ。編集者の成果イコール部数。トータルでどれだけ売れたか。そこは見られる。部数のプレッシャーは常にある。何冊何万部という年度目標も出す。

「でもお兄ちゃんはさ、頭はいいけどバカっぽいから、作家さんには好かれそうだよね」

「バカっぽくはないだろ。頭がよくもないけど」

「お兄ちゃん、医学部に落ちて、文学部に行って。ボクシングを始めたじゃない」

「うん」

「それを聞いたとき、あぁ、この人バカなんだなって思ったよ。でもちょっとほっとした。この家にはバカな人もいるんだな、とも思って。そのボクシングの話、カジカワの入社面接で、した？」

「した。ほかに言うこともなかったし」

「バカだなぁ、と面接官も思ったと思うよ」

「だろうね」

「だからとったのかも」

「バカ枠での採用ってこと？」

「そう」

「そうって」

「おぉ、来た来た、いたいた。で、採用。そういう人も必要でしょ。わたしが面接官なら、太宰《だざい》がどうとか言う人よりはそういう人をとりたいもん」

「医学部に落ちてボクシングを始めました、でもやっぱダメなんでやめましたって、ヘラヘラ笑ってるような人を？」

「ヘラヘラ笑ってたわけ？」

「自分のイメージでは」

「ヘラヘラ笑ってても、とっちゃうかな。合コンのときにヘラヘラ笑ってた渋沢くんとも付き合っちゃったし。だから、まあ、わたしも、実はお兄ちゃん以上のバカだけどね。男を見る目はない。それは認める。これまで五人と付き合ったけど、全員ダメ男だったもん」

「五人？」

「うん。大学時代を含めれば、もうちょっと増える」

「含めてないの？」

「ないよ」

知らなかった情報が梓菜自身の口から次々出てくる。どちらかといえばマイナス寄りな情報が。

「研修医とか専攻医とかにカレシと付き合う時間なんてあるわけ？」

「ない。でもつくる。今は我慢する時期、みたいな考え方は、わたし、しない。二十代でそれを我慢するのが人間にとっていいことであるはずないから」

「だとしても、五人は」

「そうなの」と梓菜はあっさり同意する。「誰でもいいわけじゃないんだけど、何かそうなっちゃった。そこは反省。あ、でも時期が重なったりはしてないからね。一度に二人と付き合ったりはしてない」

「にしても。五人か」ふと思いだし、こう続ける。「あの高校のときのカレシは？」

「高校。えーと、轟《とどろき》くん？」

「そう。轟くん」

轟周《しゅう》くんだ。今も覚えている。その名前だし、一度会ってもいるから。

「懐かしいなあ。轟くん。どうしてるかな」

「知らないの？」

「知らないよ。元カレのことなんて、普通、知らないでしょ」

「知らないか」

「歴代カレシのなかでは轟くんが一番まともだったかも。そう。だから家に連れてきたんだ。自信を持って。轟くんならお父さんも喜ぶだろうと思って」

「実際、喜んでたしね」

「お父さんよりお母さんのほうが喜んでたよね。いい子ねってあとで言ってたし。イケメンだとも言ってたかな」

「へぇ」

「轟くん自身はちょっと引いてたけどね。梓菜、すげえ金持ちじゃん、とか言って。そう。思いだした。そのときにわたし、言ったんだ。お兄ちゃんが医学部に落ちたから、轟くんが医者になればウチを継げるかもよって」

「そしたら？」

「ドン引き」

「でも轟くんも、医者になりたいんじゃなかった？」

「それこそお兄ちゃんと同じで、なれればなりたいっていう程度だったみたい。医学部にも行かなかったし。確か受けてもいないはず」

「で、轟くんのあとに、五人？」

「もっとだよ。ほら、大学時代は含めてないから」

「あぁ、そうだ」

「たいてい浮気されて終わる。わたしがまったく縛らないのがよくないのかも。ほら、束縛されるのが嫌いっていう男の人は多いじゃない。わたしもそうだから、相手のことも縛りたくないの。でも縛らなすぎるのか、みんな浮気しちゃう。人間、ちょっとは縛られないとダメなんだね。一度さ、わたし自身が浮気相手になってたこともあるよ」

「どういうこと？」

「浮気されてることがわかって、相手のとこに乗りこんだのね。こすっからいやり口がいやだったから」

　こすっからいやり口。どんなだ。怖くて訊けない。

「そしたらさ、相手の子、きょとんとしてんの。男はかなりあせってたけど。で、話してみたら、先に付き合ってたのはその子で、わたしのほうが浮気相手なんだってわかった。そんなの、どっちがどうってこともないんだけど。その男にしてみれば、その子がカノジョでわたしが浮気相手っていう位置づけだったわけ」

「それは、いつの話？」

「専攻医になる前。研修医のとき」

「そんなに前でもないよね」

「そうね。その男も医師だし」

「あらら」

「そういうことに職業は関係ないからね。警察官だって浮気はするし、学校の先生だって浮気はする。編集者だって、するでしょ？」

「まあ、たぶん」

　梓菜がシンハービールを飲み、タイ東北部ソーセージを食べる。今日で二十七歳だが、ものをおいしそうに食べるその顔は、子どものころとそんなに変わらない。僕を見て、言う。

「わたしさ、そんなに白くないよ」

「ん？」

「自分が黒いとは言いたくないけど、残念ながら、そんなに白くもない。もっと白いと思ってた？」

「そんなこともないけど。って言うのも変だけど」

「お兄ちゃんのほうが、わたしなんかよりずっと白いよ」

「白くはないよ」

「いや、白い。お父さんも思ってたんじゃないかな。菜種は白すぎてクリニックの経営はまかせられないって」

「まさか」

「だからお兄ちゃんが医学部に落ちたときも、また来年受けてみろとは言わなかったんでしょ」

「期待してなかったってこと？」

「そうじゃなくて。医者はお兄ちゃん向きの仕事ではないと思ってたってこと。もしかしたら、お母さんの助言があったのかも。お母さん、お兄ちゃんのことは大好きだけど、そのあたりは冷静に見るからね」そして梓菜は言う。「あ、ねぇ、このグリーンカレーチャーハンを頼んで、分けようよ」

「うん。飲みものはどうする？」

「またビールでいい」

店員さんを呼び、グリーンカレーチャーハンとシンハービールを二つ頼んだ。取り皿もお願いする。

「で、お兄ちゃんは？」

「何？」

「カノジョさんと、どう？」

「あぁ」

僕が彩音と同棲していたことを梓菜は知っている。一度だけ、会ったこともある。おれはウイスキーしか飲まないからと北里さんがくれたワインを、僕のアパートに取りに来たのだ。実家から自分のアパートに戻るついでに。

一万円ぐらいするワインらしいけど、いる？　もらう。LINEでそんなやりとりをした。その際、カノジョがいることも伝えておいた。

ワインは彩音が飲むだろうと思っていたのだが、妹さんにあげれば？　とその彩音自身が言った。優秀な妹さんを一度見てみたい、とも。

で、そうなった。といっても、梓菜がただワインを取りに来ただけ。部屋に上がりはしなかった。上がる？　とは言ってみたのだが、いい、と梓菜は言った。明日、朝早いし、と。だから、彩音も交えて五分ぐらい立ち話をした。

「別れちゃったよ」と僕は梓菜に言う。

「そうなの？」

「うん。フラれた」

僕は簡単に経緯を説明した。

日本橋のカフェで彩音からいきなり別れを切りだされたこと。いずれそんなことになるかも、と薄々感じてはいたこと。彩音と僕は考え方が微妙にちがっていたこと。結果、彩音が僕に満足できなくなったのであろうこと。

話を聞くと、梓菜は言った。

「そうなると思ってたよ」

「え？」

「一度しか会ってないけど、そのときに感じた。あの人、相当したたかでしょ。利用できるものはとことん利用して、いらなくなったら捨てる。そういう人なんじゃない？」

「あの一度で、そこまで感じた？」

「感じた。だってさ、明らかにわたしを探ってたじゃない。そもそも、あの人がわたしを呼ぼうって言いだしたんだよね？」

「まあ、そうかな」

「見てみたかったんでしょ。義理の妹になるかもしれない相手のことを。あ、探られてるって思ったよ。目を見てすぐにわかった」

「だから、部屋に上がらなかったわけ？」

「それもある。まず、あの場の空気がいやだった。お兄ちゃんとわたしがいいように操られてるみたいで」

「操られてた？」

「てた。ワインだって、お兄ちゃんがもらったものなのにあの人がわたしにくれたみたいになってたし」

「うーん」

「別れてよかったんじゃない？　あの人、お兄ちゃんの手に負える相手じゃないよ」

「そう思ってたんなら言ってくれよ」

「妹が兄に、あの女とは別れなさいって言うの？　わたし、何？　女帝？」

笑う。笑いつつ、シンハービールをゴクゴク飲む。いや、ガブガブ飲む。

「今さらその飲み方！」と梓菜も笑う。

「いや、ちょっと驚いたから」

「何によ」

「梓菜に」

「は？　何それ」

三歳ちがいの妹。昔はかわいかった。僕が六歳のときに三歳。十二歳のときに九歳。

そのころまでは、よく僕のあとをついてきた。ついてくんなよ、と言いつつ、ついてこられてうれしかった。

でも、まあ、ついてきたのはそのころまで。

女子らしく、その後は急速に成長した。速攻で大人の階段を駆け上り、僕ともそんなには話さなくなった。仲が悪くなったわけではないが、何というか、遠くなった。

学校の成績がいいことは知っていた。が、そこまでいいことは知らなかった。自分のほうがいいのだろうと、長いこと思っていた。そして医学部受験に全滅したとき、とっくに抜き去られていたことを知った。驚きつつ、安堵した。

それからはずっと、ただただ優秀な妹として見てきた。非の打ちどころのない女性、にしか見えなかった。実像を知らなかった。今、知った。一気に。

梓菜。マジか。

一月の横尾成吾

何度も何度も考えた。おれは考えに考えて、結論を出した。

それは推敲に推敲を重ねる作業に似てた。そしてようやく、これでいいのだと確信した。第一稿が上がった。

弓子をいつものビアバーに誘った。銀座二丁目の店だ。

午後七時に待ち合わせ、カウンター席に着いた。ビールを飲んで、つまみを食べた。

ビールはともにハーフ&ハーフ。つまみも、毎回頼む焼き枝豆と炙りしめさば。

一月の半ば。成人の日を過ぎると年始のゆるんだ雰囲気も完全になくなるよな、とか、でも成人の日が一月八日になる年はまだじゃない？　とか、そんなようなことを話した。

そして二杯めのビールが届き、それを一口飲んだときにおれは言った。こういうことに最適の切りだしどきなんかないんだな、と思って。いいや、言っちゃえ、とも思って。

「なあ、溝口」

「ん？」

「おれら、一緒に暮らすっていうのはどうだ？」

いつものカウンター席なので、そんな言い方になった。ここのカウンターは曲線になってる。その分、左右のお客が近いのだ。角度がつき、視界に入る感じになる。バーテンダーにも話を聞かれるかもしれない。だから、結婚という言葉は出さなかった。おれら、結婚するっていうのはどうだ？　にはならなかった。

弓子はさすがに驚いた。こちらを見る。左から見た横顔が、ほぼ正面から見た顔になる。

「は？」

「えーと、一緒に暮らさないか？」

「何それ」弓子はあっさりその言葉を出す。「結婚するっていうこと？」

バーテンダーはこちらを見ない。左右のお客もこちらを見ない。聞かれた感じはない。

「まあ、そう」とおれは言う。

「何、どうしちゃったのよ、横尾」

「どうもしてはいないけど」

「どうもしてないのに言わないでしょ、そんなこと」

「どうかは、してんのかもな」

「わけわかんないよ」と弓子が笑う。横顔に戻って。

「ずっと考えたんだ。こないだの話を聞いて」

「あぁ」弓子はこれもはっきり言う。「がん」

「うん」

「だからね、そんな深刻なものでもないのよ。ほんとに」

「深刻でなくは、ないだろ」

「こうやってお酒も飲めてるし」

「だとしてもさ」

「失敗した。言わなきゃよかったね」

「聞いてよかったよ」

「聞いて、考えたの？」

「そう」

「で、こうなったわけだ」

弓子がビールを飲む。おれも飲む。弓子もおれも、二杯めは黒。苦いが、うまい。弓子と飲むビールはいつもうまい。

「すごい。二度め」と弓子が言い、

「え？」とおれが言う。

「プロポーズされたの」

「あぁ」

「一応、確認。わたし、プロポーズされたんだよね？　今」

「されたよ。したよ」

「五十にして二度め。まさかだ。その意味では、ちょっとうれしい」

「で?」

「何?」

「どうなんだろう」

弓子はここでもあっさり言う。

「横尾にわたしを背負わせる気はないわよ」

「背負うとか、別にそんなつもりは」

「つもりがないのはわかってる。でもやっぱりそういう話にはなる」

「なるか?」

「なるよ。横尾はいい人だからそう思わないかもしれない。でもわたしが思っちゃう。横尾の負担には、なりたくないよ」

「だから負担なんてことは」

「だから思っちゃうんだって」

弓子は炙りしめさばを一切れ食べる。口に入れ、嚙み、飲みこむ。

おれは左隣でそれを見てる。弓子は、生きてる。

「すごいこと思いつくね。さすが作家。横尾がわたしにプロポーズ。すごいよ」

「これまで思いつかなかったことが不思議。そんな見方もできるよな」

「思いつかなかったんだ?」

「わたしは思いついたよ」

「マジで?」

「相手が横尾だからじゃなく、わたしたちが男女だからって意味でね。一度ぐらい考えるでしょ。そんなことになったりして、みたいには」

「あぁ。そんなふうにならなら、おれも考えたわ」

焼き枝豆を食べる。殻を皿に置く。

弓子と一緒に暮らすこと、今から一緒に暮らすこと、について、あらためて考える。

若いころに一緒に暮らしてないことのデメリットは、たぶん、ある。その時期に苦楽をともにした夫婦に自然と備わる絆《きずな》のようなものは持てないだろう。が、この歳になってから一緒に暮らすことのメリットも、たぶん、ある。おれらはいい意味で気をつかい合えるはずだ。うまく労《いた》わり合えるはずだ。

おれは裕福ではない。裕福になる見込みもそんなにはない。大きなものを書かないおれの小説が賞を獲ったりすることもないだろうから。

ただ、おれの本も、『キノカ』だけは売れた。おかげである程度まとまった金が入った。実は、それにはほぼ手をつけてない。生活費はどうにかなってるのだ。いまだ学生のような暮らしをしてることもあって。要するに、その『キノカ』貯金は、貯金でありながら保険のようなもの。おれがこの先も書きつづけていくための保険だ。

だから、ワンルームのアパートから二間のアパートに移る、というくらいのことはできる。だから、プロポーズもできた。

話してるうちに緊張は解けた。解けたと感じたことで、やはり少しは緊張してたことがわかった。で、解けたなら、言う。

「やっぱ、いやか？」

「いやだっていうのとはちがうのよ。でも、一緒に暮らす必要はないかなって思う」

「そうか」

「結婚すると何か変わるの？　例えばがんが再発したとして。わたしが横尾にたすけを求めたとして。結婚してなかったら、あんた、たすけてくれない？」

「いや、それは」

「たすけてくれるよ」

「でも結婚してなかったら、お前はおれにたすけを求めないだろ。結婚してないからお前はおれに病気のことを言わなかった。してたら、さすがに言ってたよな」

「これからは言うよ。たすけてもらう」

弓子は焼き枝豆を食べる。

おれはビールを飲む。

「わたしは横尾を縛りたくない。横尾はさ、縛られたらダメだよ。こんなことで縛られたらダメなんだよ」

「こんなことって言うなよ」

「横尾のことは好きよ。会ったころから好き。でね、わたしも歳をとったの」

「どういう意味？」

「変えたくないのよ。こんなふうに好きなままでいたい。たまにお酒を飲んで、バカなことを言ってたいの。わたし、もう五十。おばさんもおばさんよ。これからはもう、おばあさんよ。おばあさんになっても、今の感じでいたい」

何だろう。ちょっと震える。痺《しび》れるような感覚がある。

あぁ、そうか、と思う。おれは幸せなのだ。

「こないだ横尾、五十歳からの結婚の話をしてたでしょ？　あれを聞いて、わたしも調べたの。五十代独身男性の結婚確率は十パーセントで、女性は七パーセントから十パーセントなんだって。笑っちゃったわよ。そんなに細かく刻むんだ、と思って。八十七パーセントと九十パーセントなら変わらないけど、七パーセントから十パーセントの一パーセントは大きいっていうことなんでしょうね」

「男も女も十パーセントぐらいってことだ」

「そう思ってましょうよ。わたしと横尾が結婚する確率も十パーセントはあるって」

「十パーしかないのかよ」

「わからないわよ。気持ちは変わるかもしれないし。横尾の気持ちだって変わるかもしれない。あぶね～、勢いで結婚しちゃうとこだったって、なるかもしれない」

「ならないよ。おれも勢いで言ったわけじゃない。死ぬほど考えたよ」

「また言うけど。わたし、五十だよ」

「おれもだよ」

「もうしわだらけよ」

「でもないよ」

「でもないって言うな」と弓子が笑う。

黒ビールを飲み干して、言う。

「限りなく拒否に近い保留、くらいには思っていいのか？」

「拒否って言葉はキツいわね。だったらただの保留でいいわよ」

「永遠の保留だ」

「永遠の保留。それ、小説のタイトルにすれば？」

「カッコ悪いよ。永遠なんて言葉、おれ、小説で一度もつかったことないんじゃないかな。少なくとも、そんなふうにカッコをつける感じではつかってない」

「そこが横尾の小説のいいとこだよね。わたし、横尾と知り合いではなかったとしても、横尾の小説は読んでたと思うよ。好きになってたと思う」

三杯めのビールを頼む。ピルスナータイプ。弓子もそれにする。

カウンターの内側にあるサーバーで、バーテンダーがグラスにビールを注ぐ。時間をかけて注ぐ。ゆっくりとやることで、泡を落ちつかせる。

弓子もおれもそれを見る。手もとに届けられるその瞬間まで、グラスを見てる。

「お待たせしました」とバーテンダー。

「ありがとう」と弓子。

「どうも」とおれ。

飲む。三杯めでも、うまい。三杯めでもうまいビールはやはりうまいのだと思う。

「横尾、もっと自分を評価してもいいと思うよ」と弓子が言う。「自分に何かを課せない人って、横尾が思ってる以上にたくさんいるから」

「いる？」

「いる。横尾はすごいよ。自分の身を削って人を楽しませてる」

「身を削ってる感覚は、ないけど」

「それもまたすごい。その鈍さがすごい」

「まあ、五十でワンルームに住んでるしな。削ってるっちゃ削ってるか」

「横尾はさ」

「うん」

「作家なんだよ。世間の人から見れば、すごい人なんだよ」

「作家なんて別にすごくないよ。すごい作家もいるだろうけど、おれはそうじゃない。作家にしかなれなかっただけ」

「そういうことは関係ない。ものを書けることがもう、すごいんだよ。普通の人は、原稿用紙四百枚も五百枚も文章を書けない」

「書かないだけだろ。書く機会がないというか。書かされれば、書けるんじゃないか？　大学の卒論だって五十枚ぐらいは書かされるわけだし」

「それでも五十枚。しかもその一回」

「それで書けるなら、書けるだろ」

「横尾が書けるからそう思うだけ。卒論は一生に一回。卒業のために全力でやって、どうにか五十枚。普通は五枚だって難しいよ」

「五枚ならもう中学生で書いてたろ。読書感想文とかで」

「まさに書かされてただけ。紙を文字で埋めさせられてただけ。先生も、クラス全員の分を読むのは大変だったと思うよ。とても悲しかったでした、とか、読むの疲れました、とか、そんなのばっかりだっただろうから」

「読むの疲れました、はほんとの感想だな。読書感想文じゃなくて、読後感想文だ」

「五枚の文章でも、普通の人はそうなっちゃうんだよ」

「おれも読書感想文は苦手だけどな。たぶん、今もそうだよ。誰かの文庫の解説を書いてくれと言われたら、ちょっとヤバそうだ。とてもおもしろかったでした、になっちゃう可能性がある」

　それを聞いて、弓子が笑う。言ったおれも笑う。ほっとする。いつものおれらに戻れた感じがある。五十歳なのにしょうもない話をするいつものおれらに。

「あぁ」とおれは言う。「慣れないプロポーズなんかしたから腹が減った。今日はピザか何か食う？」

「いいね」

バーテンダーにではなく、ちょうど背後を通りかかった店員にそれを頼む。ピザマルゲリータ、と言うのは恥ずかしいので、ピザ、だけ。ただし、お願いします、はつける。

店員が去るのを待って、弓子が言う。

「横尾」

「ん？」

「また誘いなさいよ」

「何？」

「変に遠慮して誘わないとか、なしだからね」

「あぁ。誘うよ。おれは溝口に遠慮なんかしない。しないからこそ、この歳でプロポーズまでしたんだし」

あらためて、弓子を見る。左からの横顔。

弓子はおれを見てない。ただ笑ってる。目尻《めじり》にしわをつくって。

そう意識して見れば。確かにしわは増えた。体にはもうメスも入ってる。だが弓子だ。しわ以上に魅力を増した、五十歳の弓子だ。

おれは人を愛したりしないのだと思ってた。

愛してたのだ。とっくに。

そして一月末。末も末。三十一日。

思いのほか早く、見本が届けられた。単行本の新刊見本、十冊。

前日に菜種くんからメールはもらってた。見本をお送りしました。明日午前着の予定です。と。早い！　お待ちしております。と返した。

で、ギリもギリの午前中。午前十一時五十八分あたりに宅配便業者がやってきた。

いつもその感じなので、見当はついてた。午前配達の場合、だいたい十一時四十五分から十二時のあいだに来るのだ。

だから百円ショップで買ったハンコと朱肉を用意して待ってた。

外にトラックが停まる。ドアの開閉音が鳴る。駆け足の音が続く。インタホンのチャイムが鳴らされる。ウィンウォーン。

待ちかまえてたと思われるのも恥ずかしいので、三秒ほどためてドアを開ける。業者さんは顔なじみの人だ。ハンコを捺《お》し、段ボール箱を受けとる。ありがとうございました、と言われ、同じ言葉を返す。

玄関からなかに戻り、箱を開ける。この瞬間はいつもうれしい。ラフの段階から画像を送ってもらってるので表紙がどんなかは知ってるが、それでも現物はちがうのだ。紙の本はいい。電子書籍も便利は便利だろうが、おれはやはり紙が好き。

いつもならここで編集者にメールを出す。確かに頂きましたという報告のメールだ。

だが今日は考えを変え、電話にする。直接話すことにする。

カジカワの編集部にではなく、菜種くんのスマホに電話をかける。編集者は忙しいから、一発でつながらないことも多い。が、つながった。

「もしもし」

「もしもし。横尾ですけど」

「どうも。おつかれさまです」

「今、だいじょうぶ？」

「だいじょうぶです」

「見本、頂きました。ありがとう」

「何か不備がありましたか？」

「いや、そういうことじゃなく。ただ電話で伝えようと思っただけ」

「そうですか。よかったです。何かまちがってたかと思いました。例えば横尾さんのプロフィールとか」

「それはだいじょうぶ。タイトルも合ってたし。今ここで『やまない雨はない』になってたらおもしろいなと思ったけど、ちゃんと『降らない雨もない』になってた」

「そこをまちがえてたら、僕はもうクビですよ。そのクビを甘んじて受け入れます」

「いいね、表紙」

「ですね。僕もそう思います」

『トーキン・ブルース』が思ったよりはっきり読めて、ちょっと笑った」

「そこは四辻さんにお願いしたんですよ。もうちょっとわかるようにしてくださいって。どうにか名を残そうと」

「おかげさまで、いい本になった。ありがとう」

「いえ。こちらこそ、ありがとうございます」

「スタートがスタートだから、正直、どうなるかと思ったよ」

「僕もです。初めは不安でした」

「まさかこんなに早く出せるとは」

「急がせてすいませんでした。本当に、がんばっていただきました」

「いやいや。ありがたいよ、機会を与えてくれて。菜種くんじゃなかったら、ここまですんなりはいけなかったかもしれない。まず、この話を思いつかなかったはずだし」

「僕もいい経験ができました。こんなこと、ないですからね。自分が題材になるなんて」

「本、売ってよ。営業さんにもプッシュしてもらってよ。菜種くん自身が主役だからってことで」

「そこはがんばりますけど。横尾さん」

「ん？」

「菜種くんは、もう終わりでよくないですか？」

「あぁ。そうだね。でも今さら細貝《ほそがい》くんに戻すのも、何かこっ恥ずかしいな。ずっと菜種くんで来たからね。逆に、細貝くんと呼んでた時期がほとんどない」

「そういえば、そうですね」

細貝くん。細貝光人《みつひと》くん。井草菜種のモデルだ。

『降らない雨もない』を書いてるあいだは細貝くんを菜種くんと呼んだ。そうしようと決めたわけではない。初めはふざけて呼んだだけ。それが定着してしまった。

恵まれた環境で生まれた男。だが自分の意思でやることはすべてうまくいかなかった男。その一人称で書く。そう決めて、始めた。

まずは名前から考えた。前からつかいたかった菜種を、ここでやっとつかえた。井草菜種だけでなく、出版社関係の人たちも作家も仮名だ。名字には、一から十までや百や千や万といった数字の漢字をつかった。白に黒に赤に青といった色の漢字もつかった。緑トキムネ、というペンネームには自分でも笑った。何だそれ、と思って。

あとは東西南北もつかった。小中高大もつかった。小柳大は、一人で二つつかった。これから出てくる中間《なかま》高弘《たかひろ》もそうだ。春夏秋冬も下の名前でつかいたかったが、おれがすでに自作の登場人物として、夏目、ちはる、ちあき、をつかってたので、冬《ふゆ》、という名前でしかつかえなかった。

ただし。ボクシングのジムと選手だけは実名をつかった。外崎ボクシングジムの外崎牧男会長がそれを望んだのだ。小説に出るなんていい宣伝になるからジムも選手も実名にしてよ、と。

おれの小説に出たくらいでいい宣伝になることはないが、そうは言わず、実名にさせてもらった。だから、直井蓮児選手も是永有経選手も実在する。是永選手は引退してしまったが。直井選手がこないだバンタム級の世界チャンピオンになった瀬尾選手に勝ったというのも事実だ。

章は全部で十二。月ごとに区切った。偶数月はすべて井草菜種の一人称にし、四月の井草菜種、六月の井草菜種、八月の井草菜種、といった具合に章タイトルをつけた。そしてまさに書きはじめる直前で思いつき、奇数月はすべてほかの誰かの一人称にした。スタートの三月はおれ。三月の横尾成吾。おれがボッを食らうところから始めた。残る五ヵ月の奇数月は、菜種の妹梓菜と、父雅純《まさずみ》と、母鮎子《あゆこ》、そして菜種のカノジョ石塚彩音と、梓菜の友人藤谷ひかる。五人それぞれの一人称。いろいろな角度から菜種を見る形にした。

その構成は気に入った。細貝くんも賛成してくれた。思いついたのは、まさに下書きを始めようとしたとき。地下鉄の駅でハードクレームの男性を見かけ、その後、弓子の会社が経営するカフェで、さあ、書きだそう、としたときだ。

いける、とそれで確信した。いけた、と今も確信してる。

「僕も菜種になれてよかったですよ」と細貝くんが言う。「原稿を読むのは変な感じでした。細かい部分でちがいはありますけど、設定は僕ですからね。実家がクリニックだとか、門前仲町に住んでるとか」

「『脇家族』の伏見家も子どもは兄と妹だし、こないだの『三年兄妹』はまさに兄と妹の話。で、今回も井草兄妹。おれ自身がシスコンだと思われないか心配だよ。妹なんかいないのに」

「読者にそう思われたら勝ちですよ。そこまで作品に引きこめたっていうことですから」

「菜種くんの、じゃなくて細貝くんの提案に乗ってよかったよ。梓菜を打算的な女性にしてよかった」

「今だから言いますけど。そこはすごく考えました。初めは、僕、というか菜種を打算的にするべきだと思ったんですよ。それこそ高学歴プロボクサーを売りにして世に出ようとするとか。でも、梓菜をそうしたほうがいいと思い直しました」

「正解だったね」

「はい。で、梓菜は、僕が想像してたよりずっとよくなりました。ただのいやな女でもいいかと思ってたんですよ。その分、菜種が活きるだろうと。でも横尾さんが絶妙な感じにしてくれました。打算的ではありますけど、かわいいですよね、梓菜。これ、お世辞でも何でもなく。作家さんは、というか横尾さんは、やっぱりすごいなと思いました。ちょっと感心しました」

「ちょっとか」

「あ、いや、それは言葉の綾《あや》です。すごく感心しました。感動、に近いです」

「そこまで言うとうそくさいな」

「そうなると思って、ちょっと感心、にしたんですよ。控えめに」

編集者を書く。身近にいる人を書く。始まりは、ボツを食らったあとの単なる思いつきだった。ボツを食らったからこその思いつき。だが悪くなかった。

そして。理解しようと決めた。何を？　編集者を。立場のちがう人を。その立場になって考えることで。

それは、結果、弓子を理解することにもつながった。身近にいる人をきちんと見ることにつながった。

おれと弓子の結婚は、今のところ、永遠の保留。

ただ、細貝くんが水冷社の、いや、これも実はちがう社名だが、とにかくそこの編集者である十川風香さんこと関戸《せきど》波恵《なみえ》さんと結婚することになったのはうれしい。ともにおれの担当編集者。それが縁で二人がお近づきになったのは本当にうれしい。

細貝くんも、付き合って数ヵ月でよく決断した。よほど気が合ったのだろう。石塚彩音として登場した前のカノジョとちがって。

「横尾さん」とその細貝くんが言う。「かけていただいた電話でこれを言うのも何ですけど。次、行きましょう」

「ん？」

「次作。すぐにかかりましょう」

「だいじょうぶなの？」

「だいじょうぶですよ。横尾さんが考えてくれれば、会議に企画を出しちゃいます。通します。僕がねじ込みます」

「おぉ」

「と偉そうに言っちゃいましたけど。『降らない雨もない』、編集長からだけじゃなく、編集部長からの評価も高いんですよ。これは売れてほしいな、とのうれしい言葉ももらいました」

「そりゃどの本だって売れてほしいでしょ、出版社さんは」

「いい本だからきちんと売れてほしい、という意味ですよ」

細貝くんは編集者。どこまで事実を明かしてるかわからない。編集者は作家のモチベーションを上げ、尻を叩かなければならないのだ。

「これも今だから言います。実は僕、『トーキン・ブルース』、かなり好きですよ」

「そうなの？」

「はい。だから、『降らない雨もない』で『トーキン・ブルース』ふうの断章をやってほしくないと思いました。中途半端にやるのはもったいないなって」

「それで反対したのか」

「あれは絶対にどこかで活きますよ。できれば、よそさんに渡さないでください。波恵の、じゃなくて関戸さんのところにも。そのまま出すのか少し形を変えるのか、それはまだわかりませんけど、僕がどうにかしますから」

「うれしいね。頼むよ。おれもあれは好きなんで」

「で、それは置いといて。次、行きましょう」

「うん」

次。

細貝くんにはまだ言わない。言うのは、もうちょっと詰めてからにしたい。

次に書くものは決めてる。今回は細貝くんを書いたから、次はおれを書く。作家を、ということではなく。おれ自身を書く。

長編『月は夜を』。月と夜を描く。登場人物は、月夫《つきお》と真夜《まよ》。月夫一人の一人称にするか月夫と真夜二人の一人称にするかは、考え中。

プロットはまだ決めてないが、初めと終わりは決めてる。

初めは。

月は夜を少しだけ明るくする。

終わりは。

月は夜を少しだけ明るくする。できる。

その初めと終わりから物語をつくる。やれる。確信がある。

これは本当にやりたい。書くためにも、企画としての価値を細貝くんに認めさせなければならない。ほかに何かありますか？　と言わせないようにしなければならない。
もうボツは食らいたくない。ボツにはさせない。
昔からずっと書いてきた。
おれには文字があり、弓子がいる。どちらもこれまでよりは少し近いところに、いる。
これからもずっと書いていく。
おれは、食っちゃ寝て書く。

二月の井草菜種

売れる本とは何か。

ニーズのあるもの。

いい本とは何か。

長く残るもの。

いい本が必ずしも売れるわけではない。でも売れた本がいい本だと言うことはできる。言ってもいいのだと思う。たとえ一時的にだとしても、多くの人たちの心をつかんだのは確かだから。それをいいことと認めないわけにはいかない。

ではいい編集者とは何か。

マーケティング能力と事務処理能力を同時に備えた人。何が旬なのか、その旬はいつなのか、を見極められる人。

と、まあ、編集の仕事をするようになってほぼ五年、今三十歳の僕が思うのはそんなところだ。正しいかはわからない。歳をとれば見方は変わるかもしれない。でも今はこう。

ついに横尾さんの『降らない雨もない』が発売された。

事前にプルーフで各書店さんにアピールしたこともあり、出だしの売上はまずまずだ。なかには前面に押し出してくれている店もある。平積みにしてくれている店もある。書店員さんからファクスで届いた感想はどれも好意的だ。

書店訪問の企画は営業の仕事の範囲だが、ゲリラ的に訪ねる場合は編集者が自ら調整する。今日もした。横尾さんを連れて、何軒かまわった。

昨日電話して、今日。急な訪問であるにもかかわらず、書店員さんたちは喜んでくれる。この人たちは本当に本が好きなのだと感じる。そうでなければ、仕事の合間にゲラやプルーフを読み、わざわざ感想を送ってくれたりはしない。手書きの感想を見て、いつも思う。これだって書くのに三十分はかかる。休憩時間に書いたり自宅で書いたりしてくれてるはずだよな。と。

遊学屋《ゆうがくや》書店の六角房臣《ろっかくふさおみ》さんは僕らを事務所に通してお茶を出してくれた。みのり堂書店の東坂《ひがしざか》冬さんは、お茶だけでなく、ケーキまで出してくれた。イチゴのタルト。おいしかった。甘いものなんて二、三年ぶりだと、横尾さんも喜んでいた。僕自身は、彩音のことを思いだした。日本橋のカフェで別れを切りだされたときに彩音が食べていたのがそれだったからだ。別れて半年になるのにまだそんなことを思いだすのかと自分でも呆《あき》れた。呆れたあとには笑うこともできた。苦笑は苦笑だが、悪くない苦笑だ。

各書店でサイン本の作成を頼まれた。もちろん、応じた。サイン本は返品できない。

だから書店は売りきるしかない。その代わり、売りやすい。

「おれのサイン本なんてほしいかな」と横尾さんは僕に言った。

「ほしいですよ」と返した。

「サインしたら、古本屋に売れなくなっちゃうよ」

「でも、ほら、サイン本を買った人が売りませんよ」

「サイン本だと気づかずに買っちゃうこともありそうじゃない。ショックだよね。何だよ、サインとかすんじゃねえよ、と思われたら」

「思いませんて」

「まあ、それで本が売れてくれるなら一万部だってサインするけど。で、サインはしたものの、ウチはいりません、と書店さんから言われて九千部残る。それをおれに買いとれとか言うの、やめてね」

「言いませんよ。というか、さすがに一万部のサイン本は頼みません。というか、一万も刷らないですし」

「おぉ。それもショック」と横尾さんは笑う。

おもしろい人だ。いや。おかしな人、かもしれない。

医学部の受験に全滅したあと、僕はボクシングをやることを選んだ。書くことは選ばなかった。文学部に進んだのだから、それを選んでいてもおかしくはなかったような気もする。事実、編集者のなかには、自分で書いたことがある人が二割程度いる。

僕はそうならなかった。それは一度も考えなかった。何百冊何千冊と読んではきた。僕にとって本は読むもの。やはり、僕は書く人ではないのだ。仮に書けたとしても、横尾さんのようにはやれないと思う。どこかで破綻《はたん》すると思う。

横尾さんのようなやり方をとらない作家もいる。ほかに仕事を持ち、家庭も持ち、うまくバランスをとって書いていく。むしろそちらのほうが多いだろう。でもやるなら横尾さんのようにやりたいな、と思う。思うだけ。やらないし、やれない。ただ、力にはなりたい。

書店巡りをした週の土曜日。僕は福岡へ出張した。新人作家に会いに行くことにしたのだ。用件は、原稿執筆の依頼。

五条雫《ごじょうしずく》さん。去年、小説水冷新人賞を獲ってデビューした作家だ。だから一応、横尾さんの後輩ということになる。

まずは水冷社の十川風香さんに連絡をとった。理由を説明し、五条さんにつないでもらった。五条さんからオーケーが出たのでメールのアドレスを聞き、そこからは自分で連絡した。まずは一度お会いできないでしょうか。ぜひ、という返事をもらった。では福岡に伺います。そう言ったら、五条さんは驚いた。東京に来てくれと言われると思っていたらしい。

十川さんと話したときに初めて知ったことだが。五条雫さん、女性だと思っていたら男性だった。ペンネームだとも思っていたら本名だった。なかなかの名前だ。井草菜種、と競る。五条さんは二十四歳。福岡の小さな食品会社に勤めている。福岡生まれの福岡育ち。福岡の私大を卒業。

受賞作は、『栗鼠《りす》もけもの』。草食系の男子が大学への進学を機に肉食系への転換を図る、という話だ。派手ではないが、おもしろかった。残念ながら大して話題にはならなかったし、大して売れもしなかった。まあ、それが普通。新人賞受賞作が売れたりはしない。賞という保証はあっても、新人は新人。作家としての保証やブランド力はないのだ。

福岡までは新幹線のぞみで行った。五時間かかるが、車内でゆっくり原稿を読めるので無駄はない。飛行機よりいい。

実際に会った五条さんは、小柄で穏やかな人だった。ぼくは完全に草食です、と自ら言った。

気に入った。肉食への転換を図ったこともありません。

自分の経験以外のことも書ける人なのだ。たぶん。

今は水冷社で受賞後第一作を書いている。その次の予定はない。他社で声をかけてきたのは僕が、すなわちカジカワが初めてだという。すごくうれしいです、と五条さんは言ってくれた。次のアイデアは何かあります？　そう尋ねると、潔くこう答えた。ありません。

まだ新人。これこれこんなものを、という提案はしなかった。刊行時期の話もしない。何かアイデアが出たらご連絡ください。思いつきの段階でも結構です。あれこれ詰めていきましょう。そんな話をして、別れた。

それが土曜日の午後四時。

その後、七時まで時間をつぶし、僕は指定されたカフェに行った。厳密に言えば、時間をつぶしたのは六時半まで。待ち合わせの三十分前にはもうカフェにいた。早めに着いて気持ちを整えたかったのだ。

約束の相手は七時五分すぎにやってきた。

「おぅ。久しぶり。ごめんごめん」

「いえいえ。僕も今来たところです」

「何、こっちに用があったの？」

「はい。ちょっと」

三須邦篤さん。福岡に住む大御所作家だ。『澱』や『吹きすさぶ』を書いた人。そして。新人時代の僕が不用意な提案をして怒らせてしまった人。

五条さんに会うのが目的ではあったが、実はこちらも大事。より大事、と言っていいかもしれない。

三須さんは奥側のイスに座り、店員さんにキリマンジャロを頼んだ。僕に言う。

「どうせ払ってくれるんだろうから、ちょっと安いのにしたよ。いつもはブルーマウンテンなんだけど」

「あ、ではブルーマウンテンにしていただいても」

「いや、冗談。事実だけど、冗談。で、何？　赤峰さんがまた異動したとかじゃないよね？」

「ちがいますちがいます。今も文芸第一にいます」

そう。三須さんの担当は赤峰さんなのだ。第二から第一へ異動しても、それは変わらなかった。三須さんもエンタメと純文をまたいで書くような人だから、担当を替える必要はないと八幡和興《やわたかずおき》編集部長が判断した。三須さん自身もそれを望んだのだ。

「僕がこうしてお会いすることは、赤峰にも伝えてあります」

「あ、そう」

「はい」

前置はそこまで。僕はいきなり頭を下げた。

「あのときは本当に申し訳ありませんでした」

「ん？」と三須さん。「何？」

頭を上げて、言う。

「えーと、身勝手で失礼な提案をしてしまいまして」

三須さんが不思議そうな顔で僕を見る。グラスの水を一口飲んで、言う。

「あぁ。何、僕が怒ったと思ってる？」

「いえ、あの」

「もしかして、それで担当が赤峰さんになったとか？」

「そういうことでも、ないのかも、しれませんが」としどろもどろになる。

「いったい何なんだ、くらいのことは言ったかもしれないけど、それだけ。別に怒ってないよ。担当を替えてくれなんて言ってもないし」

「そう、なん、ですね」

「ずっと僕が怒ってたと思ってたわけ？」

「そうは思って、ないです」

「いやいや。現に謝ってるじゃない」と三須さんが笑う。

実際にどうだったのかはわからない。たぶん、三須さんが怒ったのは事実。強い言い方もしたのだと思う。でもこの感じだと、担当を替えろとまでは言っていないのかもしれない。会社側の配慮でそうなったのだ。そして、三須さんにそう言われたと僕が勝手に思いこんだ。

だとすれば。そうとわかってよかった。来てよかった。本当によかった。

福岡のビジネスホテルに一泊し、翌朝の新幹線のぞみで東京に帰った。

宿泊代は自腹にした。三須さんと会うのは、社用っぽいが私用だからだ。五条さんと会うだけなら泊まる必要はなかった。そう判断した。自分で。

日曜日の午後。一度アパートに戻り、実家に行った。

父と母に『降らない雨もない』を渡した。二人に一冊、ではなく。一人一冊ずつ。

表紙を見て、母が言った。

「横尾成吾さん。知らないわね」

ページをパラパラとめくって、父も言った。

「珍しいな。お父さんとお母さんにもくれるなんて」

僕は二人に言った。

「いい本になったから」

さらに二冊、本を預けた。

「梓菜とひかるちゃんにも渡して。預けたって言っとくから」

発売から二週間が過ぎたころ。

中間高弘さんの書評が新聞の夕刊に載った。中間さんは五十五歳。名の売れた書評家さんだ。

まず構成がおもしろいとほめられていた。主人公の一人称とほかの六人の一人称が交互に来る。だが戸惑わずに読める。これは作者の力量と言っていいだろう。

主人公自身についても触れられていた。

今の世は生きにくい。もしかすると、生きやすいと感じている人は一人もいないのではないか。恵まれた環境にいたとしても、人は揺れながら生きていく。この歳の者たちなりの苦悩を、作品はうまくすくいとっている。

星は四つ。五つではない。でもほかは、星四つが一冊に星三つが二冊。首位は首位だ。

そしてさらに一週間が過ぎた二月末。

僕は久しぶりにボクシングを観に行った。場所は後楽園《こうらくえん》ホール。ちょうど直井蓮児選手の試合があったのだ。二連敗してしばらく休んだあとの試合。いわば復帰戦。

観戦には同行者がいた。女性。水冷社の十川風香さんだ。

僕が五条さんの連絡先を聞いたあと、何日かして今度は十川さんから電話があった。

「井草さんて、ボクシングをやられてたんですよね？」

「はい。そんなことを、誰から」

「横尾さんです」

「あぁ、そうですか」

「本にも出ちゃってますし」

「まあ、そうですね」

「それで、ボクシングのことを教えてもらえませんか？」

「え？」

「自分でも調べてるんですけど、まるっきり知らないから、何を調べていいかわからなくて」

「どうしてまたボクシングを」

「実は今度、白土さんに書いてもらうことになったんですよ。白土浪漫さん」

「『殿様のボランチ』の」

「はい。その『殿様のボランチ』で、白土さん、自分が知らないスポーツを書くことに目覚めちゃって。次はボクシングがいいと」

「なるほど」

「いずれ取材をするつもりでいるんですけど。その前に誰かに話を聞けないかなぁ、と思ったら、井草さんが頭に浮かんじゃって」

「そういうことなら、いいですよ」

「ほんとですか？　よかったです。すいません。他社さんなのに」

「いえ。こちらも五条さんにつないでいただきましたし」

言葉で説明するよりもまずは。ということで、試合を観ることを提案した。いい！と十川さんも言ってくれた。そしてちょうど、直井さんの試合があったのだ。

僕がチケットを買い、ＪＲ水道橋《すいどうばし》駅で待ち合わせた。せっかくだからと、第一試合から観た。

十川さんは言った。

「パンチの音、こんなに大きく聞こえるんですね。汗が飛び散るのもはっきり見えるし。すごいです。これは白土さんにも見せないと」

第四試合が終わったところで休憩となり、少し話をした。

「どうですか？　役に立ちます？」と僕が尋ね、

「役に立つどころじゃないですよ。大だすかりです」と十川さんが答える。

「よかったです。すいません。何か、僕まで楽しんじゃって」

「わたしも楽しいですよ」

「楽しめる取材って、いいですよね」

「ほんと、そう思います。こんなこと言っちゃいけないけど、なかには楽しめないものもありますもんね」

「確かに」

「でもこれ、厳密に言うと、取材ふうのデートですよ」

「え？」

「井草さんがカノジョさんと別れたことも横尾さんに聞きましたし。といっても、横尾さんが自分から言ったわけじゃなくて、わたしがそれとなく訊いたんですけど」

「それとなく」

「はい。横尾さんをダシにしました」

「ダシに」

「はい。いいダシになってくれました」

「細身だから、いいダシは出なそうですけどね」

「出なそうですねぇ」と笑い、十川さんは言う。「でもごめんなさい。気にしないでください。取材ふうのデートっていうのは、わたしが勝手に思っただけですから」

「いえ、うれしいですよ。そんなことを言ってもらえるなんて、まさかでした」

「わたしも、自分がそんなことを言うなんて、まさかでした」

「直井さんの試合が終わったら、飲みにでも行きますか？」

「行きましょう。特に言いたい悪口もないから、横尾さんをほめ合いましょう。担当作家を二人でほめ合う気持ち悪い飲み会にしましょう」

十川さんとの、まさかの取材ふうデート。

ボクシングの経験が活きた。そう考えていいだろうか。

いいのだ。と僕は結論する。

やまない雨はない。

降らない雨もないように。

これからもずっと読んでいく。

僕は、食っちゃ寝て読む。

解説「書く人」と「読む人」

青木《あおき》千《ち》恵《え》（書評家）

書く人と、読む人。商品を売る人と、買う人。地下鉄の駅員さんと、乗客。生活や仕事をする場面、場面で、相手とちがう、「対立項」のような立場になることは多々ある。小説の本＝文芸書を作る現場では、書く人と読む人が共に仕事をしている。本書に登場する編集者の井草菜種《いぐさなたね》は、カノジョの石塚彩音《いしづかあやね》に、作家と編集者についてこう説明している。〈編集者と作家で、立場ははっきりしてるから〉、〈やる仕事がちがうってこと。作家は書いて、編集者は読む〉。

本書は、作家の「おれ」横尾成吾《よこおせいご》と、編集者の「僕」井草菜種を、ダブル主人公にした長編小説だ。物語はとある三月、もうじき五十歳になる作家の横尾成吾が、大手出版社カジカワのベテラン編集者、赤峰桜子《あかみねさくらこ》から「ボツ」を食らう場面から始まる。赤峰の指示で二度も直したうえでの長編小説のボツは、かなり堪《こた》えるものだった。〈書くのと直すのに要した四ヵ月が無駄になるのはキツい。その期間はタダ働き。フリーのつらいところだ〉。横尾とて、すでに著書を十冊以上出している作家だ。「どういうことだ！」「何度も直させといて何だ！」と怒るのもアリな場面だが、横尾は怒らなかった。

あくる四月。カジカワの若手編集者で三十歳になる「僕」井草菜種は、横尾成吾と初めて会う。赤峰が異動し、横尾の新たな担当者になったからだ。ボツ直後の引き継ぎという重い初顔合わせだったが、穏やかな横尾にほっとして、新たな書き下ろしをあらためて依頼する。横尾がボツを食らった三月から、菜種が担当編集者になり、この月に新作小説を刊行しようと定めた翌年の二月まで。本書は先の見えない時代に、作家と編集者それぞれが自分らしい生き方を摑《つか》みとっていく一年間のプロセスを、「おれ」と「僕」の視点を代わる代わるにして描いた成長物語である。

「書く人」のほう、作家の横尾成吾は、本書の著者、小野寺史宜《おのでらふみのり》さんを彷彿《ほうふつ》させる造形だ。二年で会社をやめて、二十四歳のときに小説を書きだした。十三年続いた〈投稿暗黒時代〉を送ってようやくデビューしたが、ヒット作は一作だけで順風満帆とは言えない。それでもずっと書き続けている。そんな来歴や、毎朝三〜四時台に目が覚めるとバターロール二個とお茶一杯の朝食をとって、いきなり執筆に入る日常のディテールなどは、小野寺さんの実際にかなり近い。肌感覚を大切にして、自分の肌に近いところで書く小野寺さんは、自分に引きつけて作家の横尾を造形したと言えるだろう。

一方の「読む人」、編集者の井草菜種については、どのように造形されているのか、私には分からない。というのも、一口に編集者といっても、その実は十人十色だからだ。作家の横尾は小野寺さんを彷彿させるが、編集者の菜種のほうは、この物語が形づくられるなかで立ち上がってきた「想像上の人物」と言えるだろう。普段から接している職業の人だからこそ深く描かれ、作中作のような仕掛けや、終盤には意外な展開がある。できるだけリアルに引きつけた私小説的な横尾と、想像上の人物である菜種が、共に一人称視点の主となり、奇数月は横尾、偶数月は菜種と作家と編集者のどちらにも偏らず、分量も対等にして物語が成立している。この構成の妙は、さりげなくもこの小説の「すごさ」だと思う。〈人と人の関係は、いつだって一対一。それ以外はないとおれは思ってる〉横尾が、編集者の菜種と「対」になる。二人が共有した一年間を、対等に分け合って生まれた物語なのである。

五十歳の横尾と三十歳の菜種は、年齢も経歴も立場もまったくちがうが、実は「共通項」がある。それは、「もがく人」である点だ。〈ああ。横尾さんは停滞気味だから、ここらで花を咲かせてくれよ。横尾さんに花を咲かせて、ついでに菜種自身も咲いちゃってくれよ〉と、上司の北里耕《きたざとこう》編集長から発破をかけられて、菜種は横尾の担当になった。つまり、横尾も菜種も〈停滞気味〉だと、社会から見られているのだ。開業医の長男に生まれたが医学部を全部落ち、学生時代にのめり込んだボクシングでプロになれずにカジカワに入社した菜種は、文芸図書編集部に属して丸四年。〈そろそろ何かはっきりした実績を挙げなければと、正直、あせっている〉

作家や編集者には、ライセンスなんてない。プロになってからのボツに落ち込む横尾は、もがく。横尾が書いてきたのは〈日常的なエンタメ〉で、カジカワなど各社から新作の依頼はあるが、無の状態から書き上げていく作家の仕事はいつも暗中模索だ。横尾と菜種の周りにいる人たちもまた、それぞれに生きているから、仕事上でも私生活でも変化が起こる。「打算的な人」との対決もある。〈利用できるものはとことん利用して、いらなくなったら捨てる〉ような向いている方向がちがう人とは、一緒に歩きづらいとお互いに感じて、遠のく。逆に、大切な人だと思いなおす出来事もある。本書で描かれている、人が人として、それぞれに葛藤《かっとう》している様子はリアルで、読みごたえがある。

近刊の『タクジョ!』シリーズ(実業之日本社)では新人女性タクシー運転手、『君に光射す』(双葉社)では警備員と小学校教師など、小野寺さんの小説は、ある職業に就いている人を書くと「仕事小説」、家族を書くと「家族小説」と言われている。しかし本質的には、本書で菜種が横尾について言うように、〈人を書く作家〉だ。人を書くからこそのディテールや会話の連なりは、小野寺さんの小説の読みどころだと思う。本書であれば、最安の電子レンジを運んで筋肉痛になるとか、ゲリラ豪雨で敷ブトンがずぶ濡《ぬ》れになるとか。一丁三十円の木綿豆腐のエピソードだけで六ページぐらいある。

人の日常は、小さなディテールの連なりだ。嬉《うれ》しいこともあれば、落ち込んでしまうこともある。木綿豆腐の容器が開けにくくなったというような、ささやかな違和感などもある。日常はすべてその人の私物で、ボツや失恋のような大きな出来事も、小さな出来事も、雨も晴れも、昼も夜も、実はすべてがつながっている。日常は、なんでもないようでいて、変化に富んでいておもしろい。「食っちゃ寝」は人間なら、いや動物なら皆がする営みだが、本書の横尾と菜種の場合は、それに「書く」、あるいは「読む」が、日常の大きなファクターとして加わっている。作家の横尾と編集者の菜種が共有した一年間を確かに描きだし、二人が対になることで生まれた読み心地が、本書のエンタメ性なのだ。

〈作家は、たぶん、二種類に大別される。ほかの何にでもなれたのに作家になるのを選んだ者たちと、作家になるしかなかった者たちだ。／おれはまちがいなく後者。時間はかかったが、それでも運がよかった。作家になるしかなかったのに作家になれなかった人たちはたくさんいるわけだから。／おれは何故小説が好きなのか。／答は簡単。すぐに出る。／文字だけで世界を築けるから。一人でそれができるから〉

横尾と菜種が「今」できるのは、「書く人」、「読む人」であること。立場のちがう二人が一緒に仕事をして作る「小説」とは何だろうか？　それは、読者が「読む」ひと時を過ごせる場所。生きていれば、何かしらもがかざるを得ない人たちが、社会から一人で〝小脱走〟できる場所なのだ。できるだけ多くの人が、自分だけのひと時を過ごせる本になるように、立場も考えもちがう二人がやり取りをする。もがいて、怒りだしたいときもあるだろうけれど、作家は書きだす。出会った編集者と意見を寄せ合い、落としどころを探る。融和で生まれる物語がある。

作家と若手編集者が書くこと、読むことに向き合った一年間を描いたこの小説を、ぜひ読んでみてもらいたい。今いる場所から確実に、脱《ぬ》け出せる物語だから。

本書は、二〇二〇年五月に小社より刊行された単行本を加筆修正のうえ、文庫化したものです。

本書はフィクションであり、実在の人物・団体等とは一切関係ありません。

食《く》っちゃ寝《ね》て書《か》いて

小野寺史宜《おのでらふみのり》

令和５年 12月25日　初版発行

発行者●山下直久

発行●株式会社KADOKAWA
〒102-8177　東京都千代田区富士見2-13-3
電話　0570-002-301（ナビダイヤル）

角川文庫 23942

印刷所●株式会社暁印刷
製本所●本間製本株式会社

表紙画●和田三造

ISBN 978-4-04-114317-9　C0193

◇◇◇

角川文庫発刊に際して

角川源義

第二次世界大戦の敗北は、軍事力の敗北であった以上に、私たちの若い文化力の敗退であった。私たちの文化が戦争に対して如何に無力であり、単なるあだ花に過ぎなかったかを、私たちは身を以て体験し痛感した。西洋近代文化の摂取にとって、明治以後八十年の歳月は決して短かすぎたとは言えない。にもかかわらず、近代文化の伝統を確立し、自由な批判と柔軟な良識に富む文化層として自らを形成することに私たちは失敗して来た。そしてこれは、各層への文化の普及滲透を任務とする出版人の責任でもあった。

一九四五年以来、私たちは再び振出しに戻り、第一歩から踏み出すことを余儀なくされた。これは大きな不幸ではあるが、反面、これまでの混沌・未熟・歪曲の中にあった我が国の文化に秩序と確たる基礎を齎らすためには絶好の機会でもある。角川書店は、このような祖国の文化的危機にあたり、微力をも顧みず再建の礎石たるべき抱負と決意とをもって出発したが、ここに創立以来の念願を果すべく角川文庫を発刊する。これまで刊行されたあらゆる全集叢書文庫類の長所と短所とを検討し、古今東西の不朽の典籍を、良心的編集のもとに、廉価に、そして書架にふさわしい美本として、多くのひとびとに提供しようとする。しかし私たちは徒らに百科全書的な知識のジレッタントを作ることを目的とせず、あくまで祖国の文化に秩序と再建への道を示し、この文庫を角川書店の栄ある事業として、今後永久に継続発展せしめ、学芸と教養との殿堂として大成せんことを期したい。多くの読書子の愛情ある忠言と支持とによって、この希望と抱負とを完遂せしめられんことを願う。

一九四九年五月三日

角川文庫ベストセラー

本日も教官なり　小野寺史宜

豊士の教習車には様々な人が乗り込む。教習生に対し紳士的に接することを心掛けるが、17歳の娘が妊娠したと聞きそれどころではない。この先どうなる⁉　人生（コース）に迷う教官が主人公の教習所小説！

今日も町の隅で　小野寺史宜

悠太が初デートで訪れたのは「ツリー」ではなく「タワー」だった……10代のみずみずしさが詰まった「逆にタワー」など、それぞれの「選択」をする男女を描いた10編。『ひと』の著者初の短編集！

あしたはうんと遠くへいこう　角田光代

泉は、田舎の温泉町で生まれ育った女の子。東京の大学に出てきて、卒業して、働いて。今度こそ幸せになりたいと願い、さまざまな恋愛を繰り返しながら、少しずつ少しずつ明日を目指して歩いていく……。

愛がなんだ　角田光代

OLのテルコはマモちゃんにベタ惚れだ。彼から電話があれば仕事中に長電話、デートとなれば即退社。全てがマモちゃん最優先で会社もクビ寸前。濃密な筆致で綴られる、全力疾走片思い小説。

かっぽん屋　重松　清

汗臭い高校生のほろ苦い青春を描きながら、えもいわれぬエロスがさわやかに立ち上る表題作ほか、摩訶不思議な奇天烈世界作品群を加えた、著者初のオリジナル文庫！